ALS DE DOOD ZUCHT, H

Van Lex Paleaux bij In de Knipscheer

Winterwater, *roman*, 2020
Het leven is een circus, *columns*, 2020
Vlo, roman, 2022

Lex Paleaux

Als de dood zucht, houd ik mijn adem in

IN DE KNIPSCHEER

Als de dood zucht, houd ik mijn adem in

Vormgeving omslag Laura van Twillert
Foto's omslag Ursula van de Bunte
Vormgeving binnenwerk Anders Kilian
Eerste uitgave 2023
In de Knipscheer, Postbus 6107, 2001 HC Haarlem
INDEKNIPSCHEER@PLANET.NL
WWW.INDEKNIPSCHEER.COM

ISBN 978 94 93214 85-9 NUR 301

'You're only given a little spark of madness.
You mustn't lose it.'

– Robin Williams 2014†

INHOUD

EENENVEERTIG STUKS

'Fan-tas-tisch!

Frank knippert met zijn ogen met dezelfde snelheid als waarmee hij de lettergrepen uitspreekt. Zelfs in de huidige situatie is sarcasme zijn tweede natuur. Het hoofd, dat op uit elkaar spatten staat, verandert daar niets aan. Zijn lichaam voelt aan alsof er zojuist een trein overheen gereden is en de enorme druk op zijn borst geeft een benauwd gevoel. Hij zoekt naar een manier om zijn ademhaling onder controle te krijgen, zijn ogen scannen de ruimte en stoppen bij de linkerbovenhoek. Hij telt de tegels van het systeemplafond, eenenveertig stuks. De druk blijft en hij begint nogmaals te tellen, links vanuit de hoek, over zijn hoofd en terug tot hij alle rijen heeft gehad. Zijn eerste telling klopte, het zijn er precies eenenveertig. Hij kende de ruimte, maar had de tegels nog niet eerder hoeven tellen. Iets wat hij zich had voorgenomen nadat hij zijn voeten voor het eerst over de drempel van dit gebouw zette. Tijdens de rondleiding was de kleine kamer niet benoemd, maar hij had hem wel opgemerkt. Een patrijspoortje diende als inkijk in een wereld die geen beleving verdiende. Hij had zichzelf hardop en streng toegesproken, dat deed hij meestal in situaties waarbij hij zich ongemakkelijk voelde.

'Wat je ook doet, houd je kop erbij en vermijd die ruimte.'

Hij had het nog geen week weten vol te houden. Frank draait

zijn hoofd richting de deur en hoort in de verte stemmen. De leren banden om zijn voeten en polsen zitten strak en geven een extra restrictie aan wat de eerder gegeven injectie met Haldol, haloperidol voor intimi, met zijn brein had gedaan. Geen beweging in lijf, hoofd en hart, zo ziet men hem het liefst. De deur gaat open en Bea, zijn mentor, steekt haar hoofd om de hoek. Hij retourneert haar bezorgde blik met een mengeling van woede en wanhoop.

'Frank, we willen je naar je slaapkamer brengen zodat je uit kan rusten, beloof je rustig te zijn wanneer we je overeind helpen? Dwing me alsjeblieft niet om je hier nog langer te houden.'

Achter haar staan Bertram en Erik. Laatstgenoemde zit met zijn rechterhand aan een korst op de brug van zijn neus zit te pulken. Zijn wang is gezwollen en lijkt een snee te hebben. Frank vraagt zich af wat er gebeurd is, maar veel tijd krijgt hij daar niet voor. Ze lopen met zijn drieën naar het bed om de banden los te maken. Het liefst zou hij zijn vuist vol in het gezicht rammen van degene die de moed heeft om zijn polsen van het knellende leer te bevrijden, als dat Bea betrof dan was dat maar zo. De realiteit is echter dat, hoewel zijn gedachten op volle toeren draaien, zijn lichaam door de injectie nergens toe in staat is.

'Beloof je dat je je goed zal gedragen?'

Hij geeft een kort knikje. De banden worden losgemaakt en Bertram trekt hem aan zijn schouders overeind. Er zit geen gevoel meer in zijn enkels en polsen. Hij probeert in te schatten hoe lang hij in de isoleercel heeft gelegen, twaalf uur? Misschien zelfs een hele dag en nacht.

'Zo jongen, zullen we gewoon met een frisse start beginnen?'

Het is de vriendelijke stem van Bertram die hem een tweede kans biedt. Weer een minieme bevestiging, deze keer met zijn ogen. Hij wordt aan weerszijden onder zijn oksels vastgepakt en opgetild. Bea loopt voor hen uit, ze heeft haar zwarte Levi's aan. Lopend door de gang naar de trap, kan hij nauwelijks zijn ene voet voor de andere zetten. De groene linoleumvloer glijdt onder hem door. De deur van zijn kamer wordt geopend en hij hoort door het open raam de vogels fluiten, zij genieten een vrijheid waar hij zo dadelijk van hoopt te dromen. In bed voelt hij hoe de doorbloeding de nare tinteling in zijn ledematen wegneemt. Erik benadrukt dit door zijn vingers als een bankschroef rondom de rode striemen op zijn polsen te drukken.

Als Bea en Bertram naar buiten lopen, buigt hij voorover en sist onhoorbaar voor zijn collega's in Franks oor: 'De volgende keer dat jij denkt met mij te kunnen knokken, kom je er niet zo makkelijk vanaf. Kijk eens hoe je me hebt toegetakeld! Wat heb je daarop te zeggen?'

Van sissen is inmiddels al geen sprake meer, Eriks flikkerende ogen kijken hem vol woede aan.

'Nou?! Wat heb je daarop te zeggen?'

Frank prevelt zachtjes een antwoord en Erik moet naar voren leunen om hem te kunnen verstaan.

'Fan-tas-tisch.'

De dichtslaande deur geeft hem een glimlach rondom zijn lippen. De frisse lucht die door het open raam naar binnenkomt doet hem goed en hij voelt zijn lichaam ontspannen. Vanuit zijn ooghoek ziet hij hoe zijn skateboard naast zijn bed staat, de grip had door het skaten nog meer losgelaten dan voorheen, maar dat was niet erg, daarvoor was tenslotte ducttape uitgevonden. Zijn slaapkamer is de enige plek in het huis waar hij zich echt veilig voelt.

DE SLAAPKAMER

'En hier slaap je.'

Frank keek om zich heen en nam zijn nieuwe onderkomen zorgvuldig in zich op. Een grote kastenwand nam bijna de hele rechtermuur in beslag, er hing een poster van Def Leppard op een van de kastdeuren, waarschijnlijk van de vorige bewoner. Naast de kast was een wastafel met spiegel en een smal plankje voor een tandenborstel geplaatst. Er lagen vier handdoeken op de vensterbank. Het raam was zojuist opengezet, door een dame van wie hij de naam alweer vergeten was. Ze was niet alleen zijn mentor, maar ook degene die hem de rondleiding door zijn nieuwe verblijf gaf. Er stond een eenpersoonsbed waarvan het matras met een spanband was opgerold en aan het voeteneind op de bedspiraal rustte. Een paar dozen in de hoek waren zorgvuldig met tape dichtgeplakt. Op de ene doos stond 'Kleding' geschreven en op de andere 'Van alles wat'. Zijn hele leven paste in twee armzalige verhuisdozen. Een groot raam bood uitzicht op een binnentuin. Een terras met grindtegels, verscholen onder een laag algen, diende als opslagplaats voor een verroeste barbecue en tientallen plastic tuinstoelen. De afstand van het raam tot de benedenverdieping was niet meer dan drie meter, ontsnappen leek onmogelijk, omdat je het raam niet kon openen. Enkel een klein gedeelte in de linkerbovenhoek was kantelbaar, dit deed je door een stok met een haakje in het oogje te steken, maar daar moest je toestemming voor vragen en dan kwam iemand van de begeleiding het raam voor je openen. Frisse lucht was al wat er dan binnen kon komen en het verlangen om te ontsnappen was het enige dat zijn weg naar buiten wist te vinden.

'We starten de dag om zeven uur en dan heb je vijftien minuten om te douchen en aan het ontbijt te verschijnen.'

Frank staarde nog steeds naar buiten en vroeg zich af hoe hij hier was terechtgekomen.

Zijn ouders waren gestorven na een ongeval in de Coentunnel toen ze op weg waren naar hun vakantieadres. 'Een weekje weg' was de laatste poging om hun huwelijk te behoeden voor een scheiding waarvan iedereen, behalve zijzelf, zag dat deze onafwendbaar was.

'Lieverd, papa en ik gaan een weekje naar de bergen. Skiën en proberen om wat liefde voor elkaar te voelen. Alles is een beetje veel momenteel, we kunnen er niet meer tegen.'

Hij kon een spottende glimlach niet onderdrukken.

'Wat een uitstekend idee mam. Als jullie dan in de Zwitserse Alpen tegen elkaar lopen te schreeuwen, echoot het zo lekker.'

'Frank! Zo praat je niet tegen je moeder, bovendien ben jij boos omdat je niet mee mag.

Terwijl ze het zei, kreeg ze vlekken in haar hals.

Die kreeg ze wanneer ze boos was en tijdens de seks. Hij was twaalf toen hij de rode vlekken voor het eerst tijdens de intieme daad bij zijn moeder waarnam. Hij had zijn ouders horen vrijen in de ouderslaapkamer. De rare geluiden maakten hem nieuwsgierig en hij opende de deur, om zijn ouders in innige verstrengeling in elkaars armen te zien liggen.

'Hebben jullie je zeer gedaan?'

Twee verhitte hoofden schoten overeind, waarbij zijn moeder met haar handen haar borsten bedekte en zijn vader de deken opvrat om niet in lachen uit te barsten.

'Alles gaat goed lieverd, we hebben geen pijn.'

Frank wees naar de vlekkerige hals van zijn moeder.

'Dat blijft er gek uitzien... jeukt het?'

Zonder verder wat te zeggen liep hij de kamer uit, in de deuropening draaide hij zich nog eenmaal om.

'Pap, mam?'

'Ja jongen, zeg het eens'

Frank perste met kracht de lucht uit zijn opgebolde puberwangen, zijn ouders keken hem afwachtend aan.

'Neuken, neuken!'

'Frank, naar je kamer!'

Zijn moeder gilde het uit terwijl zijn vader inmiddels onder de dekens verdwenen was en het uitgierde.

'Sorry!'

Hij sloeg zijn hand voor de mond en rende de kamer uit. Op de overloop hoorde hij zijn ouders giechelen en bij het sluiten van zijn slaapkamerdeur kregen de gekke geluiden een vervolg. Het zou een van zijn laatste herinneringen aan hen zijn waarbij ze niet tegen elkaar schreeuwden.

'Pak jij je spullen maar uit en dan kom ik je zo halen.'

De deur ging dicht en de voetstappen in de hal klonken net

zo hol als hij zich vanbinnen voelde. De plaatsing van het bed zorgde voor enige twijfel. Schoof hij het zo dicht mogelijk bij het raam, dan was het bed het eerste wat je zag wanneer de begeleiders binnenkwamen en dat gaf hem een onveilig gevoel. Koos hij voor een plek buiten het zicht van de deur, dan kon hij niet naar buiten kijken. En dat deed hij juist zo graag, voor hem was het een manier om weg te dromen van de realiteit waarin hij zich bevond. De hang naar vrijheid was groter dan wat dan ook, hij gooide zijn tas op het zachte matras en schoof het bed met luid gepiep naar het raam. Zelfs het geringe gewicht van zijn rugzak deed de matrasveren al kraken, geruisloos masturberen zat er dus niet in. Het kussen rook muf en bij gebrek aan een eigen dekbedovertrek en kussensloop zou hij er vannacht een handdoek over leggen. Het enige wat nog van belang was dat hij de gewoonten en gebruiken van het huis zo snel mogelijk onder de knie zou krijgen. Over vier maanden werd hij achttien en voor de wet volwassen. Dan kwam er een einde aan zijn jarenlange trektocht lang opvanghuizen en pleeggezinnen. Dat hij, in de laatste fase van dat ellendige traject, hier terecht was gekomen, was zijn eigen schuld, hoewel hij die liever bij zijn ouders zou leggen. Als ze niet waren verongelukt, had zijn leven er totaal anders uitgezien. Juist het uitzien naar, of beter gezegd 'het uitkijken' bleek een tekortkoming, bij zowel zijn vader als zijn moeder, althans, dat was het vermoeden van de politie. De Citroen BX was, met een dakkoffer vol skispullen, met hoge snelheid door de Coentunnel gereden en zijn vader had zich verkeken op een vrachtwagen die zich wel aan de maximumsnelheid hield. Dat was op zich niet verbazend, hij had altijd haast, zelfs als hij op vakantie ging. De klap was zo hard geweest dat de complete dakkoffer van de auto was gevlogen en op de andere weghelft was beland. Zijn moeder lag, als een ornament van een vikingschip, met een open schedelbreuk op de motorkap. Haar ogen geopend, met een blik vol verwondering. Alsof haar laatste gedachte was geweest: hoe kan dat nou? Vermoedelijk droeg ze geen riem en rustten haar voeten op het dashboard, want beide heupen waren gebroken. Via de voorruit werd ze gelanceerd waardoor ze uiteindelijk op de motorkap terechtkwam. Zijn vaders gezicht was met grote kracht op het stuur terechtgekomen. Zijn neus was compleet weggeslagen en zijn oogkas was dusdanig gebroken dat het geen steun meer bood. Zijn linkeroog hing er dan ook wat verloren bij. Het werd een afscheid met gesloten kisten.

Na de begrafenis was hij ineens wees en dat was een rol die hem niet goed paste. Hij was woedend, op alles en iedereen, maar voornamelijk op het leven. Van het vrolijke ventje met het lange blonde haar en de helderblauwe ogen was niets meer over.

Hij verfde zijn haar in alle denkbare kleuren, tot het net zo dood was als zijn ouders. Daarna bood de tondeuse uitkomst en ging hij als skinhead door het leven, niet qua gedachtengoed, maar wel qua uiterlijk. De felheid in zijn ogen accentueerde hij met mascara, die zelden goed werd bijgehouden.

Door allerlei omstandigheden werd hij bestempeld als onhandelbaar en de enige familie die hij had, 'Oom Jo en Tante Riet' van vaders kant, kwamen daar al snel achter. Niet dat ze veel aandacht voor hem hadden. Zijn oom las veelvuldig in de Bijbel en zijn tante was altijd in de weer met het lakken van haar nagels. Dat was wonderlijk, aangezien ze verder nauwelijks omkeek naar haar uiterlijk. Haar handen verzorgde ze echter tot in de puntjes. Wellicht omdat ze daarmee op zondag haar Bijbel vasthield en ze Gods gezaghebbende woord niet met onverzorgde handen wilde vasthouden. De aandacht die God en de gelakte handen kregen, ging ten koste van Frank. Op dertienjarige leeftijd ontsnapte hij voor het eerst aan hun zogenaamde ouderlijk gezag. Dat deed hij door via het raam en de aangrenzende schutting naar buiten te klauteren en enkele dagen weg te blijven. Dit proces herhaalde zich een aantal keer tot de Raad voor de Kinderbescherming in zijn leven kwam. Ze ondersteunden zijn oom en tante in de zorg en brachten structuur, dat probeerden ze tenminste. Ongeluk bleef hem achtervolgen, en een hevige brand maakte al snel een einde aan zijn nieuwe thuissituatie. Het was vroeg in de avond toen het noodlot voor de tweede keer in zijn leven toesloeg.

De buurtbewoners hadden zich op veilige afstand verzameld en keken met open mond naar het vlammende schouwspel. Er ontstond pas paniek nadat bleek dat de bewoners nog in het huis moesten zitten, er werd gegild en geschreeuwd dat er hulp moest komen.

Frank was op een trapveldje met een voetbal in de weer, geconcentreerd probeerde hij de bal zo vaak mogelijk hoog te houden. Zijn aandacht werd getrokken door het geluid van loeiende sirenes. Brandweer, politie en ambulance raasden hem met hoge snelheid voorbij. Als de voorpoort van de hel in het bezit zou zijn van een deurbel, dan zou hij waarschijnlijk de combinaties van deze drie gillende tonen hebben gehad. Hij rende achter de voertuigen aan die hij nog net de hoek om zag rijden. Het kostte de brandweer de nodige moeite om de vlammenzee onder controle te krijgen. De enige zekerheid was dat zijn oom en tante niet meer begraven hoefden te worden. Dat was spijtig, in tegenstelling tot zijn ouders waren zij gelovig en had een begrafenis de voorkeur boven een crematie.

Frank zat op de brede vensterbank in het raam van de buren naar buiten te kijken. Naarmate de tijd verstreek maakte de hectiek plaats voor een raar soort stilte. Brandweerslangen werden opgerold en de focus lag vooral op het nathouden van de omliggende woningen. De meeste buurtbewoners stonden al niet meer te kijken en maakten zich druk om de eventuele waterschade aan hun eigen huis. Uren later werden de stoffelijke resten van zijn oom en tante naar buiten gebracht. De zwartgeblakerde pink van zijn tante met haar vuurrood gelakte nagel kwam, als de gebroken vleugel van een vogel, nog net onder het witte laken vandaan. Het wapperde met het ritme van de rubberen brancardwielen op de stoeptegels mee, alsof ze hem een laatste afscheidsgroet wilde geven. Vanaf dat moment zou zijn leven in het teken van verhuizen komen te staan.

EEN HUIS IS NOG GEEN THUIS

Alles was groot aan zijn nieuwe woonomgeving. De brede oprit bezaaid met grind, het fietsenhok met plek voor wel twintig fietsen, om nog maar te zwijgen over de omvang van de enorme tuin. Verborgen onder een laag klimop waren her en der delen van het hek te zien. Zijn verblijf zou in principe voor een aantal maanden zijn, maar in de tussentijd kon hij niet gaan en staan waar hij wilde. Een leven zonder regels had het geduld van de kinderbescherming tot het uiterste getest en kijkend naar de voordeur stond hij oog in oog met het resultaat van zijn gedrag Een dwingende hand in zijn rug gaf hem het laatste zetje.

'Maak er wat van Frank, we hadden het allemaal graag anders gezien, maar voor nu is dit je nieuwe thuis.'

Hij knikte gelaten. In een flits zag hij zijn ouderlijk huis en de woning van zijn oom en tante, waar de vlammen uit het dak sloegen, voor zich. Deze plek zou het eindstation van vele opvangtehuizen en pleeggezinnen worden.

'Ik hoop vurig dat je het gaat redden, lieve jongen.'

Frank moest grinniken om de opmerking van zijn chaperonne. Hoe kon zij weten waar hij aan dacht, hoe kon iemand überhaupt begrijpen wat er in zijn hoofd omging. Er was, ter ondersteuning, maar vooral om er zeker van te zijn dat hij daadwerkelijk naar binnen zou gaan, iemand van de kinderbescherming meegekomen. Samen stonden ze voor de drie stenen treden en keken naar de eikenhouten deur.

'Je gaat het hier vast naar je zin hebben.'

Frank haalde zijn schouders op.

'Er zal wel geen vloerbedekking liggen.'

De begeleidster keek hem verwonderd aan.

'Hoe bedoel je?'

'Een 'thuis' is een plek waar je het fijn hebt en graag bent. Waar het warm en gezellig is en er een groot vloerkleed op een houten vloer ligt, of een hoogpolig tapijt waar je voeten in verdwijnen.'

De vrouw van de kinderbescherming nam de zware koperen deurklopper tussen haar duim, wijs- en middelvinger en liet het gevaarte twee keer op de deur zijn werk doen.

Ze duwde hem zachtjes naar voren.

'Zet hem op, jochie...'

De deur opende zich.

'Dag Frank, mijn naam is Bea, ik zal je mentor zijn, welkom.'

Bea was klein van stuk, met enorme borsten in een wit shirtje. De stof was zo dun dat hij de kanten rand van haar bh kon zien. Ze had een kop vol krullen tot iets boven haar schouders. Het donkerbruine haar had bijna dezelfde kleur als haar ogen en stond alle kanten op. Ze deed een stap opzij en maakte een uitnodigend gebaar naar binnen. De linoleumvloer voldeed precies aan zijn verwachtingen. De mintgroene kleur vertoonde diverse slijtageplekken en de enige vorm van vloerbedekking lag op de enorme trap. Een tot op de draad versleten loper van hetzelfde soort groen als de vloer, bedekte de treden waar door de jaren heen al honderden voeten zich op hadden voortbewogen. Dat de officiële introductie pas begon in de slaapkamer, deed niets af aan de vele indrukken die hij opdeed vanaf het moment dat hij door de voordeur naar binnen was gelopen.

'Ik moet je bekennen dat het voor mij ook een spannende dag is. Ik ben gisteren begonnen, dit gebouw is voor mij net zo nieuw als voor jou.'

Bea wees, vanaf de centrale hal, naar de verschillende ruimtes.

'Dat is de woonkamer, met, grenzend aan de tuin, de keuken. Daar maken we zelf ons eten en heb je corveedienst, ik leg je nog uit hoe dat werkt. Kom, we gaan naar boven.'

Zijn hand gleed over de trapleuning, die voelde wonderlijk glad aan. De traploper zat hier en daar los en zorgde voor twee struikelmomenten, vergezeld van een hardgrondig 'godverdomme, kutkleed' van zijn kant.

Bea negeerde zijn verwensingen en ging onverstoorbaar door met haar rondleiding.

'Goed, we hebben plek voor acht bewoners, en die slapen allemaal op de eerste verdieping, volg mij maar dan laat ik je je kamer zien.'

Bea droeg een pikzwarte Levi's spijkerbroek. Ze had dikke ronde billen, het rode merkje met de witte lettertjes deinde hypnotiserend voor zijn ogen heen weer.

De balustrade scheidde de vier kamers die uitkeken op de tuin van de vier kamers die uitzicht hadden op het fietsenhok.

'Dit is jouw kamer, op een later moment ga je de andere bewoners leren kennen.'

Frank knikte plichtmatig met Bea's woorden mee, maar de waarheid was dat het hem weinig interesseerde.

Zijn plan was om zich voorbeeldig te gedragen, niet op te vallen en zo min mogelijk vragen te stellen. Bea duwde de deur van zijn onderkomen open. Het rook er muf en waarschijnlijk vond Bea dat ook, ze deed namelijk direct het klapraampje bij de wastafel open. Ze draaide zich naar hem om, haar handen rustten op haar heupen.

'En hier slaap je, privacy is voor alle bewoners belangrijk, respecteer dat van elkaar, dus geen visite als iemand zich terugtrekt, en geen nachtelijke bezoekjes.'

Hij knikte, maar stiekem baalde hij. Wanneer hij zichzelf straks in het echte leven moest redden, kon hij ook geen mensen ontwijken. Bovendien had de ervaring hem geleerd dat nachten erg lang konden zijn, afleiding zou hem dan juist goed gedaan hebben.

'Laat alles op je inwerken en dan zie ik je zo beneden.'

Bea was duidelijk in haar manier van communiceren. Dat had iets prettigs. Hij liet zich op zijn rug op het bed vallen en keek naar de tegels van het systeemplafond. Hij begon ze te tellen, normaal gesproken bracht het orde en rust in de chaos van zijn gedachten.

Veel tijd om aan zijn slaapvertrek te wennen kreeg hij niet. Hij kon zich niet concentreren op het tellen van de tegels in het systeemplafond en besloot om zijn kasten in te ruimen. Hij was halverwege de tweede doos, toen Bea hem vanaf onderaan de trap riep.

'Het is een beetje snel en ik weet dat je nog niet hebt kunnen acclimatiseren, maar je kan nu kennismaken met de therapeut en een aantal begeleiders. We gaan zo in overleg, als je wil kan ik je voorstellen.'

Bovenaan de trap zag hij er geen kwaad in, dat veranderde echter bij elke trede die hij betrad. Groepen waren nooit zijn ding geweest en de laatste keer dat hij zich moest uitspreken voor een groep mensen was tijdens de begrafenis van zijn ouders geweest.

Twee kisten en een zee van bloemen vormden het decor van een afscheid zonder tranen. Vanaf het moment dat zijn oom en tante hem hadden verteld dat zijn ouders waren overleden, had hij nog geen moment om hun verlies gehuild. De vurenhouten kisten waren het sluitstuk van de huwelijkse geloften die ze ooit naar elkaar hadden uitgesproken, waarbij het 'tot de dood u scheidt' zich manifesteerde in een tot de nok toe gevulde kerk. Dat was vrij geestig, aangezien zijn ouders gepassioneerd atheïst waren en het geloof als bron van alle kwaad zagen. Dat uitgerekend de kerk uitkomst bood om de enorme mensenmassa onderdak te bieden, was op zijn zachtst gezegd ironisch. Er klonk veel gesnotter en gesnik gedurende de toespraken van vrienden, familie en collega's, zijn tranen bleven uit. Hij had het gevoel erop afgerekend te worden en deed zijn best om er een enkele traan uit te persen, tevergeefs.

'Dan gaat, tot slot, Frank enkele woorden tot u richten.'

Het viel stil, het voorbeeld van zijn ouders volgend leek iedereen zijn adem in te houden.

Tussen de kisten stond een spreekgestoelte met een microfoon. Hij rommelde in zijn broekzak op zoek naar de woorden die hij de avond daarvoor had opgeschreven.

Zijn ademhaling, versterkt door de microfoon, klonk door de grote ruimte.

'Hallo, mijn naam is Frank...'

'Dag Frank, mijn naam is dokter Gijsbrandt. Ik sta aan het hoofd van deze instelling en naast de wekelijkse sessie met je mentor heb je ook nog een gesprek met mij.'

Hij stond samen met Bea in de deuropening van de vergaderruimte. Ze had haar hand op zijn schouder gelegd en dat voelde fijn. Naast de dokter zat een stuurs kijkende begeleider. Hij heette Erik en was een voormalig gevangenbewaarder, dat verklaarde misschien de waakzame blik in zijn felblauwe ogen. De stoppelbaard van een week maakte zijn uitdrukking er bepaald niet zachter op. Dit was overduidelijk geen man met wie je geintjes moest uithalen.

Hoe anders was het gesteld met de man die, onderuitgezakt in een bureaustoel, met een plastic koffiebekertje in zijn hand, in een dossier zat te bladeren. Zijn ogen flitsten door de vele pagina's aan informatie. Frank zag dat er een mengeling van warmte en nieuwsgierigheid in zijn uitdrukking te bespeuren viel. Hij kwam met een uitgestoken hand overeind en wendde zich tot Frank.

'Zo jongen, dat is een interessant leven dat je achter de rug hebt, welkom, mijn naam is Bertram en ik ben verantwoordelijk voor de dagelijkse gang van zaken hier in het huis.'

Een keurig getrimd sikje vertoonde dezelfde kleur grijs als die bij zijn slapen door het zwarte haar heen drong.

'Hou je van dieren? We hebben achter in de tuin een kippenren.'

Frank aarzelde, hij had niet zoveel met dieren, maar hij wist dat mensen die van nature niet van dieren houden snel een stempel opgedrukt kregen, dus loog hij de waarheid die passend was voor zijn nieuwe situatie en knikte enthousiast in Bertrams richting.

'Oké Frank, we gaan verder met de rondleiding, ga je mee?'

Bea pakte hem zachtjes bij zijn bovenarm en samen liepen ze richting de woonkamer. De tuindeuren stonden open en in de verte hoorde hij de kippen waarover Bertram al sprak.

'Kijk, achter die bomenrij staat het schoolgebouw.'

In de woonkamer stond een eettafel waar tien mensen konden aanschuiven. Hij vermoedde dat er altijd twee begeleiders aanwezig waren. Naast het raam, dat uitkeek op de parkeerplaats, stond een tv. Hij vroeg zich af hoe ze gingen bepalen wat er gekeken zou worden. Hijzelf had niet zoveel op met tv-kijken, maar hij verkneukelde zich om de potentiële ruzies die konden ontstaan, wanneer de gekkies elkaar de tent uit zouden vechten bij het verkeerd gekozen programma. Al was het alleen al omdat er slechts een tweepersoons bankstel bij de tv stond, 'persoonlijke ruimte' leek hem hier nogal een dingetje.

Aan de andere kant van de kamer stond een enorme schouw, hieromheen was gek genoeg voldoende ruimte voor iedereen. Drie enorme zitbanken vormden een u-vorm, met de open haard als centraal middelpunt.

Een kleine tafel naast de haard bood ruimte aan de stereotoren.

'Bea? Heb jij mijn dossier gelezen?'

Ze knikte hem zwijgend toe. Hij zag in haar ogen dat ze de waarheid sprak. Pagina's vol ellende had ze samen met haar collega's onder ogen moeten zien. Vreemde voorvallen en incidenten waarbij het assistentie vragen van de politie eerder regel dan uitzondering was.

'Vind je het goed als ik daar ga zitten om wat muziek te luisteren? Mijn hoofd zit een beetje vol van alle indrukken.'

Dat was zacht uitgedrukt, zijn hoofd tolde van de stortvloed aan informatie.

Bea knikte hem andermaal toe en verliet de woonkamer.

Frank liet zich in de kussens van de bank zakken en greep het stapeltje cd's. Het was niet veel soeps, Billy Joel, Ace of Base en de Spice Girls konden hem gestolen worden. Hij hield meer van Nirvana, beter dan Billy ging het helaas op dit moment niet worden. *The river of dreams*, zoals de titel van de cd luidde, was in zijn geval eerder een waterval van nachtmerries geworden, maar dat zou verder weinig mensen interesseren.

'Blijf met je poten van mijn cd's af!'

Frank draaide zich om en staarde recht in een paar ogen die vuur leken te spuwen. Dit werd versterkt door het rode haar dat een schril contrast vormde met het bleke gezicht. Een bril met een dik, zwart montuur maakte zijn uitdrukking er niet bepaald vriendelijker op.

Frank was zo verbaasd over deze wonderlijke verschijning dat hij vergat om de cd's los te laten. Hij probeerde de situatie luchtig te houden en keek de jongen vriendelijk aan.

'Hoi, ik heet Frank.'

'Het interesseert me geen flikker hoe je heet, ben je doof? Laat mijn spullen los!'

De jongen duwde zijn knie geïrriteerd in de rug van de bank. Franks bedoeling om de situatie niet te verergeren mislukte en zijn stemming sloeg om. Hij kwam overeind en drukte de punt van het cd-doosje in de borstkas van de jongen, zijn stem klonk rustig, maar ook een stuk lager, daardoor leek de impact des te groter.

'Blijven duwen met die knie en ik prop mijn vuist in je gezicht.'

De jongen sprong achteruit en draaide, al schreeuwend, zijn hoofd richting de keuken.

'Erik, ik ben zojuist bedreigd.'

Vanuit de gemeenschappelijke keuken donderde de stem van Erik de woonkamer in.

'Felix, hier hebben we het over gehad, geen drama creëren

waar geen drama is en waarom zit jij niet in het schoolgebouw?'

'Ja, maar de nieuwe jongen vertoont agressief gedrag!'

Vanuit de keuken bleef het voor een kort moment stil. Plotseling werd er met veel kabaal iets in de gootsteen gegooid en stormde Erik met woeste blik de woonkamer in. Hij kende geen aarzeling en greep met zijn linkerhand Felix stevig bij zijn nek, met zijn rechter pakte hij Frank bij zijn bovenarm en sleurde hem over de rugleuning.

'Regel één: we vertonen op de woonark geen agressief gedrag! Regel twee: we geven antwoord op de vragen die gesteld worden, dus... waarom zit jij niet op school?'

Erik drukte zijn vingers in het witte vlees van Felix' nek, tot zijn knokkels rood zagen van de inspanning, hij schudde hem wild heen en weer.

'Au, je doet me pijn!'

Felix spartelde als een paling aan een hengel om onder de greep van Erik vandaan te komen.

Ook Frank probeerde los te komen, hij zette daarbij zijn voet achter die van Erik en gaf hem een zetje.

Er gebeurde niets, althans niet waar hij op gehoopt had.

'Godverdomme, gaan we bijdehand doen op onze eerste dag?'

Frank was niet van plan zich te laten intimideren en verloor de kille blik van Erik geen moment uit het oog. Daar waar Felix zojuist nog ruzie met hem zat te maken, leek hij nu met zijn ogen te seinen dat wegkijken de beste optie was.

'Ik heb geen tijd voor dit gedoe, meekomen jullie!'

Als twee marionetten, waarvan de touwtjes van de ledematen waren geknipt, sleepte Erik de jongens via de woonkamer naar de hal. Tegen de lange zijde van de muur stond een houten bank en daar gooide hij hen ruw tegenaan. Het hout piepte en kraakte onder hun gewicht en de klank leek door te echoën tot diep in hun botten.

'Zitten blijven en bek houden, ik kom jullie zo halen.'

Erik beende de personeelskamer in. Bij het dichtvallen van de deur hoorden ze hem schreeuwen tegen een collega.

'Die nieuwe gaat voor problemen zorgen!'

De jongens zaten zwijgend naast elkaar en probeerden achter de gesloten deur datgene te horen wat niet voor hun oren bestemd was. Woorden als: problematisch, afzondering en medicatie, gaven wel een indicatie over wie ze het hadden.

Felix tikte met zijn knie tegen die van Frank.

'Sorry, ik ben nogal zuinig op mijn spullen, we mogen hier niet zoveel bezittingen hebben en die cd van Billy had ik van mijn zakgeld gekocht, je mag hem beluisteren hoor.'

Frank knikte, maar hield zijn blik strak op de deur gericht. Wat daarachter besproken werd, was bepalend voor zijn toekomst in dit huis.

'Er staan een paar hele mooie nummers op, ik vind zelf *All about soul* heel mooi.'

'Hm hm...'

Felix drukte de cd als een soort vredesoffer in Franks handen, die leek het nauwelijks op te merken. Er klonken meerdere stemmen vanuit de woonkamer en ze waren ineens omringd door een aantal andere bewoners van het huis. Vooraan stond een jongen die de situatie nauwkeurig in zich opnam. Over zijn schouders keken een paar meisjes nieuwsgierig mee.

'Jezus Felix, weer op het strafbankje? En wie hebben we hier?'

Frank keek recht in de groene ogen van een donkerharige jongen, hij droeg een blauwe fleecetrui met bordeauxrode figuren. Onder de warme trui zat een spijkerblouse, waarvan de kraag keurig netjes gevouwen was. Een Levi's spijkerbroek en een paar smetteloos witte Adidas Torsions maakten de outfit compleet. Hij had overduidelijk veel aandacht besteed aan zijn uiterlijk.

'Ik heet Quintin en dankzij jou ben ik niet meer de nieuweling, je veter zit trouwens los.'

Frank schudde de uitgestoken hand en de omgeslagen sfeer deed hem goed. Het gevoel verdween als sneeuw voor de zon nadat de deur van de personeelskamer openzwaaide. Erik leek de gehele deurpost met zijn imposante voorkomen te vullen.

'Niet leuteren, maar binnenkomen, het is tijd voor kring, de anderen komen zo.'

KRING

Dokter Gijsbrandt had een lijst in zijn handen met daarop alle namen van zijn huisgenoten.

'Goed jongens, het is vandaag een bijzondere dag met veel nieuwe gezichten en indrukken. Laten we beginnen met de presentielijst, dan kunnen we daarna rustig kennismaken. Steek je hand omhoog wanneer ik je naam roep, Felix, je hand, niet je middelvinger. Thea, Mirjam, Quintin, Frank, Reinout, Joachim, Fenn...'

Bea fluisterde de dokter iets in zijn oor.

'Ah, juist ja, oké Frank, aan jou de eer om deze kring te openen en jezelf te introduceren.'

De groep had weinig aandacht voor hem, zijn medebewoners waren vooral met zichzelf bezig. De enige die hem opmerkte was een meisje met een bobkapsel en staalblauwe ogen. Ze keek hem strak aan en maakte, buiten het zicht van dokter Gijsbrandt en de staf, obscene gebaren door haar wijsvinger in en uit haar mond te duwen. Felix frunnikte aan zijn sokken en trok met zijn duim en wijsvinger aan de haartjes op zijn benen. Er werd geschuifeld op stoelen en er werden onderling discussies op fluistertoon gevoerd.

'Ik heet Frank, ik ben bijna achttien, ik zit hier omdat mijn ouders dood zijn en ik nergens anders meer terecht kon.'

Het viel stil, patiënten, arts en begeleiding keken hem verwachtingsvol aan. Waren zijn medebewoners eerst nog met zichzelf bezig, nu was er één en al aandacht. Een meisje met een kortgeknipte pony, rond brilletje met dikke glazen en meer acné dan Clearasil aan zou kunnen, stak haar hand omhoog. Omhuld door een blauwe latex handschoen wapperde ze die ongeduldig heen en weer.

'Ja hallo, mag ik hier wat op zeggen, je bent niet alleen daarom hie...'

Bea onderbrak haar.

'Misschien kan je jezelf eerst netjes aan Frank voorstellen en vertellen waarom jij hier zelf zit, trouwens, doen jullie dat allemaal maar.'

Er werd gezucht, gemopperd en binnensmonds gevloekt en gescholden.

Met een lichte grijns keek hij het meisje aan. Onder het felle licht van de tl-balken viel het hem pas op hoeveel make-up ze op haar gezicht had gesmeerd. Ze opende haar mond om die direct weer te sluiten omdat er ineens geschreeuwd werd.

'Godverdetyfus, ik ben Reinout, ik heb Gilles de la Tourette en ik woon hier omdat ik wil leren hoe ik mijn gevloek en gescheld onder controle kan krijgen, Jezus is een mietje, godverdomme! Nu jij pusbek, opschieten!'

Reinout sloeg zijn rechterhand voor zijn mond en wees met zijn linkerhand naar het meisje dat het gesprek was begonnen.

'Sorry, ik wil dat niet zeggen, het komt door mijn ziekte.'

'Misschien moeten we de sessie voor vandaag wat korter houden, zodat we elkaar in een wat minder formele setting leren kennen.'

Het voorstel van Bea kon deze keer wel op goedkeuring rekenen, al zijn toekomstige huisgenoten schoten alle kanten op.

Frank bleef achter met de dokter, Bea, Erik en Bertram.

'Frank?'

Hij keek op en zocht oogcontact met Bea.

'Gaat het een beetje? Kunnen we iets voor je betekenen?'

'Mag ik verdergaan met uitpakken?'

Bea knikte en hij liep de kamer uit.

Op de trap in de hal zat het meisje van daarvoor, ze had een spiegeltje op haar knieën en bestudeerde haar gezicht nauwkeurig. Rechts van de voordeur was een hokje gebouwd met een deur met een klein raam. Het hoofd van Felix was net boven het dunne vensterglas te zien. Het gesprek ging over zakgeld en er ontstond al snel een felle discussie.

'Dat is de telefooncel, daarmee mag je naar huis bellen. Ze houden de minuten bij in het kantoor en dat wordt ingehouden van je zakgeld, ik heet Mirjam trouwens'

Ze zei het terwijl de toppen van haar wijsvingers op haar wenkbrauwen rustten. Met haar middelvingers drukt ze met kracht tegen de zijkanten van een pukkel die van geen wijken wilde weten. Er sijpelde wat doorzichtig vocht over de latex handschoenvingers.

'Jezus wat kut, hij is niet rijp.'

De deur van de telefooncel zwaaide open en een woedende Felix zette een halve stap naar buiten.

'Kan het godverdomme wat zachter, ik ben met mijn ouders aan het bellen.'

'Je schreeuwt nu zelf ook?!'

Mirjam stond op en borg het spiegeltje zorgvuldig op in haar broekzak. Felix had de deur mopperend dichtgetrokken en het thuisfront kreeg weer de wind van voren.

'Ik trap er niet in hoor, jij zit hier echt niet omdat je ouders dood zijn. We zitten hier allemaal omdat we het daarbuiten niet redden.'

Ze knikte naar de voordeur.

Frank ontweek de priemende oogjes en mompelde zachtjes dat hij het voor zichzelf wilde houden.

'Dat kan je mooi vergeten, op deze plek heb je niets voor jezelf, zelfs niet je gedachten.'

'Laat hem met rust Mirjam, hij is net binnen.'

Ze draaiden om en zagen Quintin bovenaan de trap staan. Zo met zijn handen in de zakken zou je eerder denken dat hij een van de begeleiders was dan een patiënt.

'Zal ik je het schoolgebouwtje laten zien?

Frank knikte en Quintin liep de trap af, in het voorbijgaan tikte hij Mirjam plagerig tegen haar achterhoofd.

'Aan de kant, Dettol...'

Als door een wesp gestoken veerde ze overeind en rende, met haar handen haar hoofd bedekkend, huilend naar boven. Bovenaan de trap draaide ze zich om en schreeuwde het uit.

'Erik! Quintin heeft met zijn vieze handen aan mijn haar gezeten!'

Het gestommel in de personeelskamer resulteerde in acuut vluchtgedrag. Quintin greep Frank bij zijn bovenarm.

'Dit is het moment om te gaan rennen!'

De jongens renden door de woonkamer naar de keuken, de ijzeren deur met de glas-in-loodramen stond gelukkig open.

'De tuin in, ik weet wie ons kan helpen!'

Frank volgde het voorbeeld van Quintin die de bielzen treden naar de tuin oversloeg en met een sprong op het grasveld landde. Achtervolgd door de stem van Erik renden de jongens door de dichte begroeiing naar het kippenhok. Verscholen achter het gaas zagen ze, tussen het gefladder van de kippen door, hoe Erik op het terras spiedend om zich heen keek, om vervolgens naar de parkeerplaats te rennen. Quintin kwam overeind en sleurde Frank voor de tweede keer mee.

'Kom mee, kwestie van tijd voordat Erik hier gaat zoeken, we gaan naar het schoolgebouwtje.'

KLAAS

Het schoolgebouw was gemaakt van een oude bouwkeet, twaalf meter lang en drie meter breed. De voordeur was bereikbaar via een ijzeren trap met allemaal gaten in de treden, zodat je een goede grip had. Kloppen op de deur was niet nodig. Het haastige gestommel van de jongens op de metalen treden dreunde door het hele gebouw. Ze zwaaiden de deur open en stonden direct in de ruimte waar overdag les werd gegeven. Een kale man, die meer weghad van een voetbalhooligan dan een leraar, zat achter een enorm bureau. Hij droeg een houthakkersoverhemd en de rimpels in zijn voorhoofd waren de diepste die Frank ooit had gezien. Een dikke sigaar rustte in een glazen asbak en over de rugleuning van zijn stoel was de stof van een bruin, suède colbert te zien.

'Verdomme Quintin, wat heb je deze keer uitgevreten en wie heb je in je spoor van ellende meegenomen?'

'Dat vertel ik je zo, dit is Frank. Klaas, alsjeblieft, je moet ons verstoppen voor Erik! Hij was net op het parkeerterrein, kwestie van tijd voordat hij hier komt zoeken.'

De stem van Erik was in de verte te horen en zelfs Klaas leek er de zenuwen van te krijgen. Hij schoof zijn bureaustoel naar achteren en stond op. Het viel Frank nu pas op hoe groot zijn nieuwe docent was, de beste man torende boven de twee jongens uit en met zijn armen gespreid leek hij net een condor die zijn kuikens probeerde te beschermen.

'Hup, onder het bureau jullie. En Quintin, dit is de laatste keer jongen, ik meen het!'

Als sardientjes in blik zaten de twee vluchtgevaarlijke patiënten tussen de ladekasten van het bureau gepropt. Het metalen schot aan de voorkant van het bureau onttrok hen volledig aan het zicht van Erik, die eveneens binnen was komen stormen.

'Klaas, heb jij dat ettertje en de nieuweling gezien?'

'Ook goedemiddag en nee, ik heb geen idee waar je het over hebt. Met ettertje bedoel je Quintin neem ik aan? Je weet dat hij uit dit gebouw vertrokken is zodra de bel gaat? Die laat zijn neus hier niet zien als het niet strikt noodzakelijk is. Wat heeft hij uitgespookt?'

Klaas stond met zijn enorme benen voor het bureau en blokkeerde zoveel mogelijk het zicht op het open gedeelte. De geur van sigaren was tot diep in zijn kleding gedrongen en prikte in Frank zijn neusgaten. Hij keek naar links en zag Quintin zitten alsof het de normaalste zaak van de wereld was en volgens de eerdere opmerking van Klaas was het dat voor hem ook.

Quintin plukte wat verdwaalde pluisjes van zijn fleecetrui en grijnsde zijn kant op. Het suède colbertje was nu goed te zien op de achteruitgeschoven bureaustoel en het bleek meer slijtage dan suède wat er aan stof was overgebleven. Wat dat betreft leek Klaas misschien niet op een leraar, hij kleedde zich als scheikundedocent die snakte naar zijn pensioen.

'Wat heeft hij gedaan?'

Ik heb geen idee, ik hoorde Mirjam iets schreeuwen over dat hij met zijn smerige klauwen door haar haar had zitten woelen.'

Klaas deed een stap naar achteren, tilde de neus van zijn schoen op om die vervolgens met kracht naar beneden te duwen. De weerstand die hij op dat moment voelde waren de vingers van Quintin die vermorzeld werden onder het rubber van het profiel van de enorme schoen. Hij liep knalrood aan, maar gaf geen kik.

'Was dat het enige wat hij gedaan heeft?'

Door de vraagstelling heen was te horen hoe Klaas zijn lachen probeerde in te houden, Erik merkte dat op en was verre van blij.

'Jij weet net zo goed als ik dat dat kind smetvrees op Olympisch niveau heeft en nu de hele avond van de rel is.'

Klaas knikte en wist uit ervaring hoe Mirjam van slag kon zijn als iemand haar per ongeluk aanraakte of wanneer hijzelf afweek van de alledaagse routine.

'Ik begrijp wel wat je zegt, maar waarom ben jij zo begaan met het welzijn van Mirjam?'

Erik rukte woedend de deur van het klaslokaal open en stond al half op de metalen treden.

'Sinds ik zojuist te horen heb gekregen dat ik slaapdienst heb omdat er uitval is wegens ziekte. Drie keer raden wie er de hele nacht geen oog dicht doet.'

De deur werd zo hard dichtgeslagen dat de ramen in de sponningen trilden. Het leek minuten te duren voor Klaas zijn schoen van Quintins hand optilde.

'Jezus Klaas, was dat nou nodig?'

'Ja, dat was nodig ja! Jij weet precies wat je doet wanneer je dat meisje zit te plagen, bovendien heb je jezelf ermee. Zoals je hoorde heeft Erik nachtdienst en je weet op wie hij zijn frustratie zal afreageren.'

Hoewel Frank op dat moment nog maar enkele uren in het huis was, wist hij dat Klaas gelijk had.

De jongens kropen onder het bureau vandaan en gingen op een van de tafels zitten.

'Sorry man, het was niet mijn bedoeling je in de problemen te brengen.'

Frank haalde zijn schouders op, hij wist niet zo goed wat hij hierop moest antwoorden. Een slechter begin van zijn tijd hier in het huis was niet denkbaar en hij maakte zich zorgen over de lange nacht die hem wachtte.

'Dus jij bent Frank, veel over je gehoord.'

Klaas keek hem onderzoekend aan, alsof hij in de ogen van de jongen zijn dossier probeerde terug te lezen, vervolgens keek hij naar Quintin.

'Heb jij de anderen al ontmoet?

'We hebben Reinout een beetje leren kennen, dat was lachen.'

'Mag ik naar mijn kamer alstublieft? Ik wil heel graag even bijkomen.'

'Dat is goed, Frank, dan zie ik je morgen in de les en praten we verder. Quintin, zorg ervoor dat jullie twee je gedeisd houden, in ieder geval tot het avondeten en zeg sorry tegen Detto... Ik bedoel Mirjam! Zie wat ervan komt met je bijdehante bek, ik begin die kutgrapjes van je al over te nemen. Nou hup, wegwezen jullie.'

Bij het sluiten van de deur hoorden ze de bureaustoel piepen onder het geweld van Klaas zijn enorme lichaam.

‘Moet je opletten, zodra hij denkt dat we hem niet meer kunnen zien, steekt hij een sigaar op.’

Quintin wees naar het raam en niet veel later kringelde de sigarenrook omhoog. Kleine pufjes vormden cirkeltjes, die als rooksignalen de nood weergaven die zich in Franks hoofd afspeelde. Hij staarde ernaar en merkte niet dat Quintin al op het terras bij de keukendeur stond. De rookpluimpjes deden hem denken aan het nablussen bij zijn oom en tante. Dat nam uren in beslag en zelfs de volgende dag waren op verschillende plekken nog wolkjes te ontdekken, die als bewijs van hun verwoesting uit de as omhoog kringelden. Uit diezelfde as zou hij moeten herrijzen, zichzelf moeten bewijzen en staande zien te houden in een wereld waarvan hij dacht dat die hem nooit zou begrijpen.

‘Frank! Ga je mee naar binnen? We krijgen thee en koffie, Dettol heeft corvee, dus dan weet je zeker dat alles vers gezet en goed schoongemaakt is.’

Hij stak zijn hand op ten teken dat hij Quintin gehoord had.

Dokter Gijsbrandt stond op het parkeerterrein bij zijn auto, zijn dag zat erop en hij ging naar huis, hij wel...

Het huis ademde routine, waarvan de regels de hartslag vormden. Roosters voor het schoonmaken, avondeten voorbereiden, wanneer welk tv-programma mocht worden gekeken, de bedtijden. Bovendien was iedere handeling gekoppeld aan een verzoek dat gehonoreerd moest worden of een verplichting die zonder tegenspraak diende te worden opgevolgd.

Elke dag werd er stipt om vier uur koffie- en theegedronken. Te laat komen was geen optie en afmelden mocht alleen bij ziekte, maar hij was niet ziek, hij was nieuw en iedereen wilde alles van hem weten.

Thea zat op de uiterste hoek van de bank. Knieën opgetrokken en omklemd met haar armen, de hielen rustend op het zitgedeelte en haar kin op haar bovenarm steunend. Het enige wat bewoog waren haar kaken, die tergend langzaam op een stuk kauwgom kauwden. Af en toe blies ze een belletje om dat dan weer hard te laten ploppen.

'Zo, nieuwe, keurig op tijd hoor, je was lekker bezig hoorde ik?'

Frank haalde zijn schouders op, hij had geen zin om haar uit te leggen dat het niet zijn schuld was. Hij ging tegenover haar op de andere bank zitten en staarde voor zich uit. In de hal klonk de stem van Bea, die onderaan de trap de andere bewoners riep voor de thee en koffie.

‘Ik zag je tijdens kring loeren naar Bea, goeie tieten heeft ze, hè? Ben jij een borsten- of een billenman? Ik vind allebei lekker, maar als ik moet kiezen, dan liever borsten, dat komt omdat ik ze zelf niet heb, kijk maar.’

Thea liet haar voeten van de bank glijden en trok aan de hals van haar shirtje, het witte kant van een kleine bh werd zichtbaar en ze had gelijk, in de milliseconde dat Frank durfde te kijken, moest hij toegeven dat ze inderdaad niet rijkelijk bedeeld was.

‘Ik ben geen pot hoor, ik ben biseksueel, dus je maakt nog kans.’

Ze plopte met haar kauwgom en keek hem met haar felblauwe ogen uitdagend aan.

Het was Mirjam die hem uit zijn ongemakkelijke positie bevrijdde. Vanuit de keuken kwam ze met een rvs-koffiekar de woonkamer binnenrollen. Het linkervoorwiel was defect en zwabberde hulpeloos in de rondte. De thermoskan met koffie was goed afgesloten, dat gold niet voor de theepot. Door de wiebelende kar gutst het hete water eruit en op de vloer. Mirjam zuchtte diep. Maar ze was voorbereid en pakte de theedoek die over de stang van de koffiekar hing. Ze maakte de vloer droog en keek met een vies gezicht naar de vuiligheid die op de kletsnatte theedoek zat.

‘Aan de kant, Dettol, je loopt erbij als een stewardess met hoogtevrees, zelden iemand zo zuur zien kijken.’

Mirjam negeerde Quintins opmerking en vouwde de theedoek netjes op om hem daarna zorgvuldig op de hoek van de koffiekar te leggen. Quintin was naast Frank op de bank geploft en sloeg zijn hand op zijn knie.

'Ben je oké? Heeft Thea haar tieten al laten zien? Je niet speciaal voelen hoor, ze laat ze nog zien aan een bus mongolen als ze daarmee de aandacht krijgt.'

'Frank, koffie of thee?'

'Koffie, dank je.'

Mirjam pakte de thermosfles koffie met haar latex handschoenen en drukte met haar duim op het deksel.

De geur van verse koffie vulde de woonkamer en Frank haalde diep adem, een mengeling van genot, vanwege de lekkere geur, en opluchting, omdat de spanning uit zijn lijf leek weg te vloeien.

'Wil je het kopje niet van mij aannemen, maar pas aanraken wanneer ik het op de tafel heb gezet? Dank je.'

Het verzoek van Mirjam duldde geen weerwoord, zoveel was duidelijk. Hoewel ze zelfverzekerd klonk en duidelijk haar grenzen aan leek te geven, was het net of ze permanent op de rand van een zenuwinzinking balanceerde. Dat was vooral te merken aan haar lichaamstaal. Haar hand trilde en met de thermoskan in de ene hand en de mok in haar andere had ze moeite om niet te morsen. Zweet gutste over haar voorhoofd en gleed via de acne op haar wangen, als een polonaise van verstopte poriën, langs haar bovenlip, rechtstreeks in de koffiemok...

'Godverdomme, dat is smerig, koffie met puszweet, smerig, smerig. Ober, er zit pus in mijn koffie, smerig, smerig. Jezus, wat een goor, Smerigjam, zo ga ik je voortaan noemen!'

Reinout had onverwacht zijn intrede gedaan en sloeg zijn hand voor zijn mond om te voorkomen dat er nog meer ellende werd voortgebracht. Hij haalde een paar keer diep adem, in de hoop zijn Tourette onder controle te krijgen.

'Pusbek, kieper je er nog suiker in voor de smaak? Tempo graag, godverdomme, smerig, smerig.'

Mirjam barstte in huilen uit en sloeg de thermoskan en koffiemok met een harde klap op het karretje. De hete koffie spatte omhoog in haar gezicht, ze gilde het uit, greep naar de zojuist opgevouwen theedoek en drukte die tegen haar gezicht.

'Voor iemand met smetvrees lijkt dat me niet de beste beslissing.'

Quintin mompelde het hard genoeg om Thea een lachstuip te bezorgen. Mirjam schreeuwde inmiddels de longen uit haar lijf. Juist op dat moment ging de deur van de woonkamer open en liepen Erik en Bea naar binnen. Hun gezichten straalden irritatie en verwondering uit. Bea liep gehaast naar Mirjam en nam de koffiekan van haar over.

'Lieverd, ben je oké? Het is niet helemaal jouw dag geloof ik, wil je even op jezelf zijn?'

Mirjam kon geen woord uitbrengen en liep zo vlug ze kon de woonkamer uit.

'Wie gaat mij vertellen wat hier aan de hand is? Quintin, was jij weer bezig met je kutgrapjes?'

'Nee echt niet, ik was het niet, vraag maar aan Frank.'

Erik verlegde zijn aandacht naar Frank, maar die staarde wezenloos voor zich uit.

'Ik wil antwoorden hebben, nu meteen!'

'Zal ik anders een leuk muziekje opzetten?'

Het viel compleet stil. Felix liep zonder wat te zeggen naar de stereo-installatie en ging naast Thea zitten. In zijn handen had hij zijn stapeltje cd's, als een waaier hield hij ze voor Thea's neus omhoog.

'Als je wilt, mag jij kiezen?'

'Nee dank je, ik luister liever naar echte muziek. Bea mag ik naar mijn kamer?'

Bea knikte terwijl ze bezig was om de koffiekopjes op te ruimen.

'Nou Frank, welkom, je schudt de boel goed wakker met je komst.'

Thea zei het en stond langzaam op, zodat hij zijn medebewoonster van alle kanten kon bekijken.

'Thea, nu weten we het wel. Misschien kan je wat meer aandacht aan je eigen problemen besteden, in plaats van je focus steeds op je mannelijke huisgenoten te leggen.'

Bea's opmerking negerend liep Thea de woonkamer uit. Felix had de cd's gelaten voor wat ze waren en draaide wat aan de knoppen van de radio.

'Erik, nu het weer rustig is, ga ik bij Mirjam kijken, oké?'

'Ja prima, ik blijf bij de mannen.'

Bij de deur bleef Bea even staan en keek onderzoekend naar Frank.

'Ben jij oké?'

Hij knikte, maar wist niet honderd procent zeker of dat ook echt zo was.

'Oeh, laat staan, dit is een lekker nummer...'

Ugly Kid Joe knalde door de woonkamer met *Cats in the cradle*.

'Ik ben het zelden met je eens Quintin, maar deze keer heb je gelijk, overigens is dit een cover van...'

'Harry Chapin, wat denk je nou Erik, omdat ik in een inrichting zit ik niks van muziek zou weten? Ik ben niet helemaal achterlijk hoor.'

Erik lachte hardop, het feit dat hij dat deed was voor Frank een openbaring en voor het eerst voelde de woonkamer aan zoals hij oorspronkelijk bedoeld was, gevuld met warmte en gezelligheid.

'Het is inderdaad een mooi liedje...'

Een flinke klap van Erik landde als een uitroepteken op zijn schouder.

'Twee ettertjes, maar wel ettertjes met een goede muzieksmaak! Overigens heb ik nog steeds een appeltje met jullie te schillen. We gaan het als volgt doen. Vanavond draaien jullie dubbele corveedienst, Frank, dat wil zeggen, het avondeten voorbereiden en daarna afruimen en afwassen.'

Quintin opende zijn mond om te protesteren, maar Erik stak zijn vinger in de lucht om hem de mond te snoeren.

'Wanneer jullie dit zonder protesteren doen, zie ik dat gezeik van vanmiddag door de vingers en beginnen we met een schone lei, akkoord?'

'We hebben niet veel keus geloof ik.'

'Dat klopt, dat is dan bij deze afgesproken, en aangezien iedereen alweer vertrokken is, zit de koffiepauze er voor mij ook op.'

Erik liep via de keuken naar buiten en stak op het terras een sigaartje op. Niet zo'n grote als die van Klaas, dit was meer een sigaret die naar de sportschool was geweest.

‘Ik blijf het een lul vinden, met zijn truttige sigaartjes, maar voor nu komen we er goed mee weg. Ben jij echt oké?’

‘Ja, op zich wel, maar ik wil heel graag naar mijn kamer, inmiddels voel ik mij zoals die koffiekar.’

Quintin keek hem niet-begrijpend aan.

‘Stuurloos...’

GRONINGSE KLEI

Wat zou er door zijn vaders hoofd hebben gespookt die laatste momenten in de Coentunnel. Luisterden ze naar muziek, waren ze verwikkeld in een serieus gesprek om hun relatie te redden, of reden ze juist zwijgzaam het onvermijdelijke einde daarvan tegemoet, niet wetende dat dat in de flauwe bocht een stuk eerder kwam dan verwacht?

De dood als ultieme relatietherapeut, want 'wat niet levensvatbaar is moet je uit zijn lijden verlossen'. Wellicht was dat het grootste verschil tussen zijn vader en moeder. De primitieve kijk van zijn vader op de wereld botste met de permanent opgezette roze bril waarmee zijn moeder de wereld aanschouwde. Zelfs in tijden van verdriet bleef ze de zachte kant van het leven omarmen, ook al was dat in sommige gevallen enkel in herinnering.

Hoe anders was het met zijn vader gesteld. Een man die was grootgebracht op het Groningse platteland en niet beter wist dan dat het leven hard en onaangenaam was.

Als kind stak hij zijn handen diep in de Groningse klei. Met de felle oostenwind in zijn gezicht, onder het strenge toezicht en de bijbehorende woorden van zijn eigen vader, die hem wees op de gewassen die niet levensvatbaar waren en met wortel en al uit de grond verwijderd moesten worden.

'Wat niet levensvatbaar is moet je uit zijn lijden verlossen, mien jong, dan hebben de andere gewassen een betere kans.'

Die manier van denken had hij doorgetrokken in zijn volwassen leven en zo bracht hij ook zijn kinderen groot. Er was namelijk een tijd dat zijn ouders de zorg voor twee kinderen hadden. Toegegeven, het was slechts voor een paar jaar. Frank had namelijk ooit een zusje. Ze leek niet op Frank, sterker nog: ze waren in alles complete tegenpolen. Maakte hij als baby duidelijk kenbaar dat zijn aanwezigheid niet over het hoofd gezien mocht worden, zijn zusje was stil en kon in de wieg uren naar haar hemeltje staren. Qua uiterlijk waren ze het perfecte voorbeeld van de schoonheid der tegenpolen. Waren de genen van Franks moeder terug te zien in zijn blonde haren en blauwe ogen, zijn zusje was een kopie van hun vader, ze had kastanjebruin haar en keek met donkerbruine ogen de wereld in, tot dat ene moment...

De avond daarvoor was gevuld met de routine die hoorde bij het naar bed brengen van kleine kinderen. De liedjes werden gezongen, de dieren op het behang werden welterusten gezegd en de nacht werd welkom geheten. De volgende ochtend was Frank de enige die zijn ogen opende. Hij werd wakker door het geschreeuw van zijn moeder, het schreeuwen werd gillen en de stilte bleef uiteindelijk als enige over.

Zijn zusje, slechts vier jaar oud, was in haar slaap overleden...

Hoe herstel je als ouder van de dood van een kind? Hoe verwerk je het verlies van datgene wat je dierbaarder is dan je eigen leven? In het geval van zijn vader was het eenvoudig. Hij beriep zich op de harde wetten van de natuur en concludeerde na jaren van stilte dat haar tijd er simpelweg op had gezeten.

'Ze was denk ik niet sterk genoeg en wat niet levensvatbaar is verloste, in dit geval zichzelf, uit haar lijden.'

Frank begreep niets van de woorden die zijn vader tegen zijn moeder sprak, hij had ze sowieso niet mogen horen, maar de openstaande slaapkamerdeur bood de gelegenheid en zijn huilende moeder de aanleiding.

Kort voor de dood van zijn ouders vroeg hij er nog eens naar, net als de keren daarvoor was het onderwerp van zijn zusjes dood voor zijn vader taboe. Hij ging steeds meer schelden en vloeken om zijn verdriet een plek te geven, het werd een tweede natuur om op de momenten van ongemak zijn frustratie in de meest grove bewoordingen te ventileren. Zijn moeder verwerkte de dood van zijn zusje anders, ze weigerde namelijk haar verlies te erkennen, de kinderkamer zou nooit meer veranderd worden en haar focus richtte zich volledig op Frank. Soms vroeg hij zich af of ze liever had gehad dat hij degene was geweest die de dood in zijn slaap had omarmd.

'Slaapkop, ben je wakker?'

Bertram stond in zijn slaapkamer en tikte met zijn vingers op de punt van zijn schoen. Frank schrok wakker uit zijn herinneringen en veerde overeind. De dieren op het behang verdwenen en maakten plaats voor de strak gestucte muren die met het klinische wit van RAL 9010 ontdaan werden van enige gezelligheid. De poster van Def Leppard op de kledingkast deed een armzalige poging om de kamer van enig karakter te voorzien.

'Ga je mee naar beneden? Volgens Erik mocht jij direct aan de bak voor een dubbele corveedienst, klopt dat?'

Frank knikte.

'Oh oké, bijzonder... Ik hoor het verhaal erachter nog wel dan. Ik geef je vijf minuten om jezelf wat op te frissen en dan zie ik je zo in de keuken. Oh, en Frank, volgende keer niet met je schoenen op bed.'

Bertram verliet de kamer en Frank slingerde zijn benen langs de bedrand.

'Volgende keer niet met je schoenen op bed...'

Hij herhaalde de opmerking met irritatie in zijn stem. Bijna achttien en nog steeds werd hij als een klein kind behandeld.

Hij liep de trap af en zag Thea in de telefooncel bellen. Haar toon en blik waren compleet anders. Ze zat op het krukje en van de verleidelijke jonge vrouw was weinig meer over, ze draaide zachtjes van links naar rechts.

'Hallo papa, ik wilde je stem even horen...'

Toen ze Frank zag, leek ze geschrokken en trok de deur dicht. Haar verdrietige oogopslag fungeerde als het slot op de deur. Hij voelde zich betrapt en durfde niet te vragen of ze oké was.

Via de woonkamer liep hij naar de keuken. Felix zat bij de stereo-installatie en draaide Billy Joel. Hij trommelde op zijn knieën mee met het ritme van de muziek, uit de maat, dat wel.

'Frank, tempo!'

Quintin stond met een rood hoofd van inspanning boven de gootsteen een enorme hoeveelheid aardappels in een pan te gooien.

'We hebben drie kwartier om het eten op tafel te zetten en de tafel te dekken.'

Frank keek op zijn horloge, het was kwart over vijf.

'Jij gaat de aardappels schillen, dan ga ik de rode bietensalade maken, we eten vegetarisch vanavond... Gadverdamme! Dettol is de enige die geen vlees vreet en daarom zijn wij twee keer per week de klos.'

De jongens werkten hard door; precies binnen de afgesproken tijd was de tafel gedekt en stond de maaltijd op tafel.

'Eten!'

Erik stond onder aan de trap en brulde het commando naar boven. Thea had haar gevoelige kant in de telefooncel achtergelaten en kwam met de allure van een superster de trap af. Quintin stond met Frank in de deuropening toe te kijken en porde hem in zijn zij, op fluistertoon ging hij verder.

'Moet je opletten, Erik heeft vroeger denk ik geen borstvoeding gehad en als we moeten eten moet alles nog sneller dan normaal.'

'Thea, wat ben je godverdomme aan het doen, we gaan eten, loop normaal en kom naar beneden! Heeft iemand Dett...Mirjam gezien? En waar is de rest?'

Thea leek weinig onder de indruk en liep zonder een pas te versnellen de trap af, daarbij keek ze Quintin en Frank in de ogen.

'Kijk maar goed jongens, misschien ben ik het toetje vanavond.'

Erik leek zich ineens een belangrijke huisregel te herinneren en draaide zich direct om naar Frank.

'Er wordt in dit huis niet geneukt!'

'Neuken, neuken! Ben je geil, ben je nat, heb je een druppel?'

Reinout had zich ook gemeld en stelde de vraag alsof zijn leven ervan afhing.

'Of ik een wat heb?!'

'Een druppel, geil, heb je die? Een druppel? Neuken godverdomme!'

Reinout sloeg van schrik zijn hand voor zijn mond. Erik, op zijn beurt, sloeg Reinout op zijn achterhoofd. Thea en Quintin gierden het uit, Felix riep vanuit de woonkamer of hij anders een leuk muziekje zou opzetten, Frank keek beduusd naar wat er zich zojuist voor zijn ogen ontvouwde en vroeg zich af of de chaos van de eerste dag tekenend zou zijn voor de komende maanden.

'En nou gaan we aan tafel en gezellig eten, hebben jullie dat goed begrepen?'

De mopperende toon van Erik deed hem denken aan zijn eigen vader die na een lange werkdag wat rust aan de eettafel wilde. Als hij zijn ogen sloot kon hij zich bijna inbeelden dat hij thuis was...

Iedereen was aan tafel gaan zitten en de rust leek weergekeerd. De enorme schaal met de rode-bietensalade was gevuld met stukken geitenkaas, iets wat Frank nog niet eerder had gegeten, maar het zag er heerlijk uit en hij voelde zijn maag knorren. Een goed teken dat hij zich meer op zijn gemak voelde. Hij zat tussen Quintin en Thea in, waarvan de laatste de hele tijd haar hand op zijn knie probeerde te leggen. Hij deed er alles aan om het grijpgrage handje te ontwijken. Het gevolg was dat hij daardoor half bij Quintin op zijn stoel zat.

'Ik vind je echt heel aardig, maar je zit bijna op mijn schoot man, kijk, hier hoor jij te zitten.'

Quintin duwde Frank op zijn eigen stoel en greep zijn vork en mes om als eerste aan te kunnen vallen. Thea had gelukkig haar handen weer boven tafel en strekte haar armen uit naar de waterkan, die net buiten haar bereik stond.

'Wil er nog iemand een moment stilte voor het eten?'

Frank keek om zich heen en zag al zijn medebewoners verveeld voor zich uit staren, slechts Mirjam stak haar latex handschoenhand op.

'Dank je Erik, ik wil graag mijn gebed opzeggen...'

Thea rolde met haar ogen en deed haar treiterig na, Bea was daar niet van gediend en drukte dat de kop in door enkel haar keel te schrapen en streng te kijken. Het verwonderde Frank hoeveel overwicht deze kleine vrouw op de groep had. Mirjam vouwde haar handen en prevelt zachtjes het Onze Vader. Uit respect hadden Bea, Erik en Bertram ook de ogen gesloten. Voor Felix hét moment om een aardappeltje in zijn mond te steken en direct kennis te maken met Gods toorn, want zijn bek stond in de fik. Het Onze Vader was alleen geen kort gebed en dat resulteerde in gejongleer met een hete aardappel die niet af wilde koelen.

'Uw wil geschiede, gelijk in de hemel, alsook op de aarde. Geef ons heden ons dagelijks...'

'Water! Geef mij water! Jezus Christus, wat is dit heet!'

Felix greep over de tafel naar de waterkan en zette die zonder aarzelen aan zijn mond. In grote golven stroomde het water uit de kan in zijn mond, over zijn gezicht en overhemd. Hij verslikte zich, hoestte en proestte, waardoor de aardappel als een zachte bal van nat zetmeel over de tafel gelanceerd werd.

'Godverdomme, kan het hier nooit eens normaal aan toe gaan?'

Er werd hard op de tafel geslagen en iedereen was direct stil. Een glas viel om en werd zonder aarzelen ter hand genomen, om vervolgens door de woonkamer te vliegen en ter hoogte van de stereotoren op de grond uiteen te spatten.

'Mijn cd'tjes!'

Felix piepte het uit, bang voor nog meer schade.

Joachims naam was bij kring ter sprake gekomen, maar tot dat moment was hij onzichtbaar geweest. De begeleiding en dokter Gijsbrandt waren op de hoogte van zijn woede-uitbarstingen.

Ze hadden de andere bewoners gewaarschuwd voor het onverwacht explosieve karakter van de doorgaans zwijgzame en afwezige Joachim.

'Houd je bek over je cd'tjes!'

Een bord werd als een frisbee, gericht naar Felix zijn hoofd gegooid, die kon net op tijd bukken en het porselein knalde uiteen op de muur achter zijn hoofd.

'Ik word hier knettergek!'

'Dan zit je hier prima op je plek.'

'Quintin, houdt je bek eens een keer.'

Het was Bertram die de situatie probeerde te de-escaleren, maar het was al te laat.

'Joachim, blijf rustig alsjeblieft!'

'Ik wil hier weg, laat me met rust, stelletje klootzakken...'

Zijn ogen spuwden vuur en het was duidelijk dat hij niet met zich liet sollen.

Joachim wilde opstaan, maar Erik greep zijn arm.

'Laat hem maar gaan, dat is denk ik het beste.'

Met zichtbare tegenzin deed Erik wat Bertram van hem vroeg, zijn greep verslapte en Joachim rukte zich los. Hij rende de kamer uit en ging met grote sprongen de trap op, waarbij hij meerdere treden oversloeg. De deur die met een knal dichtviel dreunde via het trapgat door naar beneden.

'Pittig type, lekker hoor... daar hou ik van.'

Thea leek als enige vrij onaangedaan door de hele situatie en prikte de geitenkaas tussen de rode bieten vandaan.

'Bedankt voor deze zinvolle bijdrage, Thea.'

Erik klonk kalm, zijn ogen vertelden echter een heel ander

verhaal. De sfeer was bedrukt en de rest van de maaltijd werd in stilte genuttigd. Hoewel er normaal gesproken na het eten direct afgeruimd moest worden, bleef iedereen deze keer rustig zitten. Bertram was koffie en thee gaan halen en Bea had besloten om de situatie van Joachim te bespreken. Erik was alvast begonnen met de dagrapportage en had zich teruggetrokken in de personeelskamer.

'Felix, ben jij oké? Wil jij iets zeggen over de gebeurtenis van zo-even?'

Felix haalde zijn schouders op.

'Zou ik even bij mijn cd'tjes mogen kijken? Ik zou het verschrikkelijk vinden als er glas op ligt.'

Zonder het antwoord af te wachten, schoof hij zijn stoel naar achteren en klauterde via de rugleuning van de bank naar de stereo. Er volgde een korte, maar grondige inspectie, waarbij de plastic hoesjes aan alle kanten werden bekeken.

'Ze zijn allemaal nog heel!'

Een dolgelukkige Felix hield zijn dierbare bezittingen omhoog en wapperde ze triomfantelijk heen en weer.

'Zal ik anders een leuk muziekje opzetten?'

Thea zuchtte hartgrondig en wilde iets zeggen, wederom was het Bea's blik die haar het zwijgen wist op te leggen.

'Straks Felix, kom nu maar bij ons zitten. Wat dacht je toen je Joachim ineens boos zag worden?'

Felix haalde zijn schouders op en peutert een boekje uit een cd-hoesje.

'Kijk, dit plaatje is geschilderd door de vrouw van Billy Joel, zij hebben elkaar ontmoet op de set van de videoclip 'Uptown

Girl', zij was vroeger een model en echt knap.'

'Geef gewoon eens antwoord op de vraag man, altijd dat gezeik over die muziek.'

Quintin schoof geïrriteerd zijn stoel naar achteren.

'Bea, mag ik anders gewoon gaan afwassen en opruimen? Ik moest het toch al doen, het geleuter van Felix ken ik inmiddels wel.'

Bea leek te aarzelen, maar knikte uiteindelijk dat het oké was.

Blij dat hij weg kon liep Quintin naar de keuken. Hij draaide de kraan open en gooide met veel kabaal de pan waar de aardappels in hadden staan koken in de gootsteen.

'Frank! We hebben corvee en ik ga dat niet in mijn eentje doen.'

'Hij schreeuwde het zo hard dat het door het hele huis te horen was. Het leek minuten te duren, uiteindelijk stak Frank zijn neus om de hoek van de deur. Het was overduidelijk dat de hele situatie met Joachim hem niet in de koude kleren was gaan zitten. Zijn ogen stonden dof en zijn gezicht was bleek.

'Moet ik echt helpen? Ik zou liever naar mijn kamer gaan.'

'Ja, ik ook, maar we weten allebei dat dat niet gaat gebeuren. Dus iets minder zeiken en iets meer je handen laten wapperen.'

Quintin wachtte Franks reactie niet af en gooide een theedoek zijn kant op, deze werd in een reflex opgevangen en Frank kwam bij het aanrecht staan.

'Joh, we zijn zo klaar...'

De jongens vonden al snel een ritme en de gespannen sfeer tijdens het eten werd met het vuile water van de vaat weggespoeld.

In de verte klonk de stem van Billy Joel. Felix had een plaatje opgezet.

HA, DIE PA!

'Wat staat er op het rooster voor tv-kijken?'

Nadat de afwas gedaan was, bleek de rust hersteld en lag de prioriteit bij het avondprogramma. Televisiekijken was een belangrijk onderdeel van het dagelijkse reilen en zeilen in het huis. Vast onderdeel was het achtuurjournaal, dat was verplichte kost voor iedereen. Wat er daarna gekeken werd, diende je een week vooraf op een rooster in te vullen. In een verleden, ver voor Franks komst, besloten ze meestal in het moment wat er gekeken werd, maar dat veroorzaakte zoveel onrust en in sommige gevallen zelfs ruzie, dat het 'tv-rooster' werd geïntroduceerd. Een geniale vondst, omdat alle 'gekkies' zich elke avond verzamelden voor het prikbord, om zich dan voor een kort moment op te winden over de wansmaak van de dag en daarmee was de kous dan af. Degene die zich afzijdig hield had die avond de controle over de afstandsbediening.

'Jezus Christus, *Ha, die pa!* Kan het nog erger?'

Felix keek op zijn horloge.

'Mag ik anders op mijn kamer mijn huiswerk maken?'

Erik begon spottend te lachen.

'Sinds wanneer maak jij überhaupt huiswerk, nee ventje, jij gaat gewoon op de bank naar de tv kijken, net als de rest van jullie.'

Hierbij keek hij alle groepsleden indringend aan.

‘Heb jij een lievelingsprogamma? Zo ja, dan hoop ik voor je dat het op donderdag wordt uitgezonden, want dat is jouw toekomstige tv-dag.’

Frank haalde zijn schouders op, maar daar nam Quintin geen genoegen mee.

‘Wat een onzin, tuurlijk heb jij wel een programma wat je graag kijkt.’

‘Waarom heb ik de donderdag gekregen?’

‘Omdat de vorige bewoner, die de donderdag had, hier niet meer woont sufferd, en wees blij, met een beetje pech had je de maandag of dinsdag kunnen hebben. Vertel... je lievelingsprogramma?’

Frank hoefde niet na te denken, van binnen juicht hij, want zijn lievelings-serie wordt op Nederland 2 op donderdag uitgezonden. Toch was hij bang om het hardop uit te spreken, bang voor gelach en negatieve reacties.

‘We hebben een ruilregel, wist je dat?’

Felix mengde zich in het gesprek, voornamelijk omdat hij een kans zag om van zijn ‘woensdag-tv-dag’ af te komen.

‘Lul niet Felix, dat is geen regel, en jij hebt gewoon spijt dat je destijds met Thea hebt geruild.’

De begintune van *Ha, die pa!* vulde de kamer en gedurende een half uur was het stil. Niet dat er belangstellend gekeken werd, de meeste bewoners waren verzonken in hun eigen gedachten en hadden geen interesse voor de belevenissen van vader en zoon Lutz. De enige die vol interesse zat te kijken was Thea. Net als in de telefooncel, tijdens het gesprek met haar vader, zat er wederom een lief meisje, deze keer niet op een krukje, maar op het puntje van de bank. Ze beet op de nagel van haar duim en giechelde zachtjes mee met de onhandige zoon Matthijs die weer bij zijn strenge vader was komen wonen. Frank vroeg zich af wat er achter Thea's helblauwe ogen schuilging.

'Wat een stomme serie is dit!'

Blijkbaar kon Mirjam zich niet meer inhouden en ze liep bij de aftiteling met haar haar lege kopje naar de keuken. Thea keek verdrietig naar de vloer.

'We kunnen ook een film kijken?'

Felix dook onder de tv-kast en greep een aantal videobanden.

'Eens kijken, we hebben: *Back to the Future part III*, oh dat is jammer, die is kut.'

'Kut is lekker, godverdomme!'

'Reinout, kan je even je bek houden, ik ben met iets belangrijks bezig.'

De keuze was beperkt en op sommige videobanden stond geen etiket, die vielen sowieso af, zomaar een video afspelen was geen optie. De laatste keer dat ze dat hadden gedaan, had een voormalige bewoner een horrorfilm opgenomen en werden de bewoners getrakteerd op een gruwelijk schouwspel, waarbij een man geëlektrocuteerd werd, maar weigerde om dood te gaan. Er brak enorme onrust uit, zowel in de film als op de bank in het huis. Het gevolg was dat er her en der een beginnende paniekaanval de kop in gedrukt moest worden omdat men dacht dat de man uit de tv zou komen kruipen.

'Oké, we kunnen kiezen uit: *Back to the Future, Die Hard, Belle en het Beest* of *De boezemvriend* met André van Duin, maar die laatste lijkt me echt geen reet aan.'

Quintin hielp Reinout een handje door zijn hand voor zijn mond te houden.

'Ja Reinout, Felix zei 'reet' en ja, jij wil van alles roepen, maar we moeten een belangrijke beslissing nemen.

De stemming verliep in alle rust, waarbij wonderlijk genoeg de keuze viel op de tekenfilm *Belle en het Beest*. De stilte in huis was voor Frank een onverwacht cadeau. Hij keek nauwelijks naar de tv en zijn gedachten leken voor het eerst sinds zijn komst tot rust te komen.

'Oké jongens, het is mooi geweest, tijd voor de laatste medicatieronde en dan naar bed.'

Erik stond achter de bank met in zijn handen een dienblad gevuld met papieren bekertjes.

'Iedereen een glas water halen en melden bij de trap.'

Ze stonden in een rij bij de gootsteen in de keuken. Allemaal patiënt en allemaal met een eigen verhaal. Een verhaal dat onderdrukt moest worden met medicijnen, om de daaropvolgende therapieën in goede banen te leiden.

'Geen gesjoemel met je medicatie, anders krijgen we allemaal gezeik.'

Het was duidelijk dat Quintin het klappen van de zweep goed kende en gek genoeg vertrouwde Frank hem.

Hij was als laatste aan de beurt om zijn bekertje met medicijnen in te nemen. Er zaten twee pillen in, een doorzichtige grote capsule en een klein wit pilletje.

'Een om in slaap te komen en een om door te slapen, neem ze maar in.'

Zo rustig had Erik die dag nog niet geklonken, maar een pil om te slapen had hij nog nooit gehad en hij voelde de weerstand in zich opkomen. Hij maakte met zijn hand en pols ronde bewegingen, waarbij de twee pillen als kleine autootjes achter elkaar aan leken te racen. Hij vond het ironisch hoe actief de slaapmedicatie zich op de bodem van de beker voortbewoog.

'Tempo, medicijnen innemen en naar je kamer.'

De rust in de stem van Erik was van korte duur. Frank gaf het bekertje terug en probeerde daarbij zijn vriendelijkste glimlach op te zetten.

'Ik val zonder medicijnen ook wel in slaap.'

Hij wilde doorlopen, maar Erik greep hem bij zijn bovenarm.

'Bertram! We hebben er een die zijn medicijnen weigert.'

'Laat me los, ik wil gewoon naar mijn kamer!'

Frank probeerde zich los te rukken, maar Erik hield hem stevig vast.

'Ontspan en neem je medicijnen in, je wordt er rustig van, je kan ons vertrouwen.'

Bertram was er vanuit de personeelskamer bij komen staan. Hoewel zijn stem vriendelijk klonk, viel daar in zijn handelen weinig van te merken. Met zijn arm omklemde hij Franks borst, om met zijn andere hand aan zijn kaak te wrikken. Zijn gezicht zat vlak naast dat van Frank, terwijl hij het laatste deel van de zin bleef herhalen.

'Je wordt er rustig van, je kan ons vertrouwen...'

Frank rook een mengeling van koffie en nog iets anders, maar kon de geur niet plaatsen. Of het door de stress kwam wist hij niet, maar hij moest er bijna van kokhalzen, en hij vocht, naast tegen de twee mannen, ook om de inhoud van zijn maag niet over de vloer te spugen.

Hij voelde de kracht uit zijn armen vloeien en gaf zich met gebogen hoofd gewonnen. Tegen deze twee kon hij simpelweg niet op. Hij tilde zijn hoofd op en opende zijn mond, met de grootst mogelijke weerzin nam hij de pillen in en spoelde ze weg met water.

'Tong omhoog!'

Erik onderzocht of hij de slaappillen doorgeslikt had.

'In het vervolg direct luisteren, dan heb je morgenochtend geen pijn in je kaken, wegwezen nu.'

De mannen liepen weg en bij het sluiten van de deur van de personeelskamer hoorde hij Bertram vragen of Erik een Bastogne koek bij de koffie lustte.

CASSETTEBANDJE

Zoveel nieuwe gezichten en indrukken op één dag, Fenna drukte haar gezicht in haar kussen. Het rook muf, hoewel dat ook haar haar kon zijn. Ze voelde zich smerig, maar op dit tijdstip onder de douche stappen, durfde ze niet. Ze had zich de hele dag weten te onttrekken aan de aandacht van de groepsleiders en haar medebewoners, om dan nu nog de aandacht op zich te vestigen, leek haar geen goed plan. Iedereen leek hier zijn tijd uit te zitten. Het enige wat zij deed was overleven, wat ergens wonderlijk was, aangezien de dood haar al leek te wenken zo lang ze zich kon heugen. In haar hoofd had ze het beeld gecreëerd dat er leven te over zou moeten zijn na dit leven, het enige wat ze moest doen was de moed verzamelen om die laatste stap te zetten. Ze voelde zich misselijk, maar dat was niets nieuws. Overgeven was een soort tweede natuur voor haar geworden. Een manier om zich letterlijk te ontdoen van de negatieve gedachten die ze zo vaak leek te ervaren. Tijdens therapiesessies in het verleden was haar geadviseerd haar handen op haar onderbuik te leggen en zich te richten op haar ademhaling, gek genoeg leek dat deze keer averechts te werken. Met haar hand voor haar mond rende ze naar het toilet in de gang.

De spieren van haar slokdarm trokken zich met kracht samen om haar gehele maaginhoud naar buiten te forceren. Een combinatie van avondeten, medicijnen en thee belandde in de toiletpot en deels over haar kleding. De tranen die ze over haar wangen voelde lopen waren niet van verdriet, maar van de fysieke inspanning. Ze liet zich op de tegelvloer zakken. Haar kleding rook zurig en ze zag het rood van de bietenvlekken in de stof trekken. Ze trok een enorme hoeveelheid toiletpapier van de rol en probeerde de sporen zo goed mogelijk uit te wissen, daarna trok ze door. De leidingen in het huis leken in de avond meer lawaai te maken dan overdag. Voor een moment hield ze haar adem in en voelde ze de spanning om betrapt te worden, het bleef rustig in het huis. Ze stond op en liep naar haar kamer.

Ze ontweek haar spiegelbeeld, gevoelsmatig leefde ze op reservetijd, het wachten was op het moment dat ze permanent gewisseld zou worden en zich niet meer druk hoefde te maken over de verwachtingen van anderen. Ze maakte een kommetje met haar handen en drukte haar gezicht in het verkoelende water dat tussen haar vingers terug in de wasbak sijpelde. Het moment voor het overgeven beschouwde ze als de hel, daarna voelde ze zich voor heel even schoon en volledig vrij van alles wat haar leven zo zwaar en ondragelijk maakte. Ze hoefde alleen nog haar smerige kleding in de was te gooien en zich om te kleden voor de nacht.

Haar lievelingsnachthemd lag boven op de stapel kleding in de kast. Ze trok het voorzichtig aan en streek met haar hand een verdwaalde plooi uit de katoenen stof. Ze probeerde zichzelf in de spiegel te bekijken, het enige moment wanneer ze graag naar zichzelf keek was als ze de lila nachtjapon droeg. Anderen vonden het misschien kinderachtig, maar het voerde haar terug naar haar prille kindertijd. Ze draaide een rondje en voelde hoe de stof zich tegen haar lijf drukte. Het deed haar denken aan een warme knuffel van haar moeder.

Het was stil op de overloop, al haar medebewoners lagen in bed en er was geen beter moment om in alle rust het huis te verkennen. Ze deed de deur open en liep voor de tweede keer over de overloop.

In het trappenhuis waren in de verte de stemmen van Erik en Bertram te horen, de laatste zou zo naar huis gaan en ze namen, zo te horen, de ontwikkelingen van de afgelopen dag door. Haar naam viel niet, maar dat was niet verwonderlijk. Ze had het zichzelf 'onzichtbaar' maken tot in perfectie eigen gemaakt. De linoleumvloer voelde prettig koel aan en dempte het geluid van haar voetzolen, die zich zo snel en stil mogelijk voortbewogen richting het trapgat.

'En wie hebben we daar?'

Fenna stond stokstijf stil, haar hart klopte in haar keel.

'Mooie kleur nachthemd heb je aan.'

Ze draaide zich om en zag Thea in de deuropening van haar kamer staan.

'Ik vroeg mij al af wanneer jij iets meer van jezelf zou laten zien, maar daar ben je dan.'

Fenna knikte, iets zeggen durfde ze niet.

'Wil je mijn kamer zien?'

Thea deed een stap opzij en maakte een uitnodigend gebaar met haar hand. Fenna zag hoe de kamer van Thea er compleet anders uitzag dan die van haar. Er hing een poster van Prince aan de muur en er kwam een gekke geur van de twee stokjes op haar nachtkastje. Er stonden plantjes in de vensterbank, iets wat Fenna ook wel zou willen.

‘Kom je nog binnen? Of wacht je liever tot Erik ons betrapt?’

Fenna zette een stap voorwaarts en hoorde de deur met een zachte klik in het slot vallen.

‘Welkom in Thea’s paradijs van plezier’

Fenna moest een beetje glimlachen, iets zeggen durfde ze niet. Ze keek vol bewondering naar de grote poster.

‘Weet je wie dit is? Hij is fantastisch! Ooit word ik een superster, weet je dat? Dan ga ik met alle bekende artiesten van de wereld samenwerken, wat zeg ik... alle bekende artiesten willen dan met mij samenwerken!’

Zoveel zelfverzekerdheid in één persoon was vreemd voor Fenna en ze vroeg zich af waarom Thea in het huis woonde.

‘Ik ben biseksueel, weet je wat dat is?’

Thea wachtte het antwoord niet eens af.

‘Dat betekent dat je jongens én meisjes leuk kan vinden, ik denk dat ik gewoon meer op een persoon val, snap je wat ik bedoel? En zal ik je wat zeggen Fenna, ik vind dat jij een tof persoon bent.’

Om haar woorden kracht bij te zetten tikte ze zachtjes met haar wijsvinger op Fenna’s neus.

Thea reikte naar haar nachtkastje en trok het laatje open. Ze pakte er een aansteker uit en stak de gekke stokjes nogmaals aan.

‘Die krengen blijven niet goed branden, weet niet precies waar dat aan ligt. Je kijkt alsof je nog nooit wierook hebt gezien? Vind je het lekker ruiken? Ik niet per se, maar ik moet wel, anders ruiken ze dit!’

Thea’s hand graaide voor een tweede keer in het laatje, deze keer haalde ze een plastic kokertje tevoorschijn.

'Heb je wel eens geblowd?'

Fenna schudde haar hoofd en keek nieuwsgierig naar de vreemd uitziende sigaret.

'Weet je lieverd, misschien moeten we dit een andere keer doen, laat ik voor de vorm een keer verstandig zijn.'

Thea schoof de sigaret in het laatje en bekeek Fenna van top tot teen.

'Kom, dan gaan we muziek luisteren.'

In de vensterbank, tussen alle plantjes, lag een stapel cassettebandjes.

'Jij mag kiezen.'

Fenna's ogen flitsten vluchtig over de cassettes. Op de zijkant stond de naam van de artiest en de titel van het album, er was niets wat haar echt bekend voorkwam. Ze wees naar een bandje met de naam Wu-Tang Clan.

Thea schudde heftig haar hoofd.

'Oh nee lieverd, dat is niks voor jou, wacht, dit vind je denk ik wel leuk.'

Ze pakte een van de tapes en duwde hem in het cassettedeck, een zachte klik was hoorbaar toen ze op het play-knopje drukte en ineens vulde de kamer zich met de zachte tonen van een gitaar. Thea was op haar rug gaan liggen en staarde naar het systeemplafond.

'Kom je bij mij liggen?'

Ze stelde Fenna de vraag zonder haar aan te kijken en maakte een uitnodigend gebaar met haar arm. Fenna knikte, kroop bij haar in bed en legde haar hoofd op Thea's borst. Ze probeerde het ritme van Thea's ademhaling te volgen en voelde haar ogen dichtvallen, voor het eerst sinds lange tijd voelde ze zich niet eenzaam. René Klijn zong de twee jonge vrouwen in slaap en beloofde dat hij de hele nacht bij ze zou blijven.

"I'm Mr Blue, i'm here to stay with you.
And no matter what you do, when you're lonely
I'll be lonely to."

MY LITTLE PONY

Zeven uur was vroeger dan Frank gewend was om op te staan. Het was nog stil toen hij de trap afliep. Via het raam van de personeelskamer zag hij Erik aan een kop koffie zitten. Hij gaf Frank een kort knikje en dook in zijn krant. De deur van de woonkamer stond open en Felix kwam vanuit de keuken met een stapel borden in zijn handen binnen om de tafel te dekken.

'Hé goedemorgen, jij bent vroeg op! Je hebt niet eens corveedienst. Wil jij anders het bestek en de glazen pakken? Dan zet ik een leuk plaatje op.'

Felix wachtte zijn antwoord niet eens af en zette de borden op de tafel om direct naar zijn geliefde stereotoren te lopen.

'Trek in de keuken gewoon alles open, dan vind je vanzelf wat je zoekt.'

De keuken rook naar een combinatie van bleek en versgebakken brood. Dat laatste was een beetje vreemd, aangezien er niets in de oven lag.

'Wat zoek je?'

Mirjam stond achter hem en wreef met haar latexhandschoenhanden de slaap uit haar ogen.

'Ik moet van Felix de tafel dekken en het ruikt hier naar brood, maar ik zie het nergens.'

De irritatie in Mirjams ogen was niet te missen.

'Felix! Jij gaat je corveedienst niet op de nieuwelingen afschuiven, hier komen en je taak afmaken.'

'Ik vroeg het netjes hoor, het enige wat ik wilde was een leuk muziekje opzetten.'

Felix liep mopperend voorbij, schoof een van de deurtjes onder het aanrecht opzij en pakte twee rijen met gestapelde glazen vast.

'Aan de kant jullie, ik schijn corvee te hebben dus mij niet voor de voeten lopen.'

De woonkamer was inmiddels gevuld met slaapdronken medebewoners, die zwijgend hun plek aan de eettafel zochten. Bea zat met natte haren aan tafel.

'Wat een weer buiten, ik haat fietsen door de regen, hebben jullie dat ook?'

'Nee Bea, wij mogen hier geen fiets hebben omdat jullie bang zijn dat we er vandoor gaan, weet je nog?'

Quintin bleek in de ochtend net zo ad rem als 's avonds en keek met een grijns Franks kant op. Bea schudde haar hoofd en schonk zichzelf een kop koffie in.

'Goedemorgen allemaal, sorry dat ik wat laat ben, ik moest de overdracht met Erik afronden, mag ik thee alsjeblieft?'

Bertram schoof aan en zocht met alle bewoners voor een kort moment oogcontact. Na Mirjams ochtendgebed verliep het ontbijt in betrekkelijke rust en stilte.

'Als we klaar zijn met eten hebben jullie twintig minuten om je klaar te maken voor school, ik verwacht dat jullie elkaar helpen om op tijd te komen en de nieuwe mensen ondersteunen op deze eerste schooldag.'

Bea's opmerking werd zwijgend ter kennisgeving aangenomen. Felix spoelde met een flink slok melk zijn laatste hap boterham-met-hagelslag weg en wees naar Thea.

'Wat heb jij eigenlijk aan?'

'Ja verrek zeg, wat draag jij nou? Je ziet eruit als een kleuter die ontsnapt is uit het kinderdagverblijf.'

Quintin kreeg de lachers op zijn hand, maar Thea trok zich er niks van aan.

'Jullie mogen het niks vinden, ik vind het prachtig en het staat me goed, wat vind jij Frank?'

Ze plukte aan de stof van het lila nachthemd dat ze droeg.

'Nou, nieuwe? Hoe vind je mijn nachthemd? Staat het me? Best sexy, al zeg ik het zelf.'

Om hun reactie te peilen probeerde Thea de blik van elke bewoner en begeleider te vangen.

'Vrolijk plaatje...'

Frank mompelde het en ontweek daarbij haar onderzoekende blik. Thea keek naar de kleurige afbeelding op het nachthemd en knikte.

'Dat klopt, alleen weet ik nog steeds niet wat je ervan vindt.'

'Paars.'

Thea zuchtte diep en rolde met haar ogen.

'Jezus, zijn mannen dan echt allemaal kleurenblind? Dit noem je lila en geen paars.'

Bea knikte instemmend.

'Ja, daar moet ik je gelijk in geven, de meeste mannen zijn kleurenblind en ja, de kleur van je nachthemd is inderdaad lila en geen paars.'

Thea voelde zich gesteund door Bea's opmerking en schoof haar stoel zo dicht mogelijk naast die van Frank. Ze pakte een stuk van de stof ter hoogte van haar borst en drukte dat onder zijn neus.

'Goed opletten, in lila zit een lichtroze ondertoon, en de kleur paars zit tussen rood en blauw in, en dan nu graag antwoord op mijn vraag.'

Iedereen keek Frank verwachtingsvol aan, zelfs Bertram, die tot dan toe vooral gefixeerd was op zijn ontbijt, was gestopt met eten.

'Ik vind het niet helemaal "jij", als je begrijpt wat ik bedoel, maar het staat je inderdaad heel goed.'

Thea knikte instemmend.

'Mooi zo, dan ga ik mijn vader nog even bellen.'

Ze stond op en liep naar de telefooncel, de stof van de nachtjapon wappert om haar lichaam, Frank moest erom glimlachen, het deed hem denken aan een warme knuffel.

Felix begon met het afruimen van de tafel en dat was het startschot voor de andere bewoners om naar boven te stuiven. Quintin rende zo snel hij kon de trap op, Frank volgde hem op de voet.

'Wat voor school zat jij? Ik zat op de mavo, maar ik deed niks meer. Klaas heeft het tot zijn missie gemaakt om mij alsnog over te laten gaan, kansloos, maar dat vertel ik hem natuurlijk niet.'

Frank keek vanaf de balustrade naar beneden, de deur van de telefooncel stond open en hij hoorde Thea zachtjes praten: 'Goedemorgen papa, ik wilde je stem even horen...'

'Goedemorgen, ik weet dat jullie in gedachten al weekend aan het vieren zijn, maar we hebben vandaag echt nog wat werk te verstouwen.'

Terwijl iedereen een plekje zocht, ging Klaas onverstoorbaar door met het verdelen van de taken en het uitleggen van de regels.

'Voor de nieuwelingen, als we iets willen vragen of wanneer je een moment voor jezelf nodig hebt, steek je vinger op. Felix, je wijsvinger en niet je middelvinger.'

'Ik wilde vragen of ik een muziekje mocht opzetten'

Klaas schudde zijn hoofd.

'Daar hebben we het over gehad, aan het einde van de dag mag jij muziek luisteren op je walkman, niet daarvoor.'

'Precies! En daarom de middelvinger, ik mag hier ook helemaal niks.'

Frank was tegenover Quintin gaan zitten en keek om zich heen. Klaas had duidelijk een ander idee over hoe een klaslokaal eruit moest zien en had van alle kleine tafels een heel grote gemaakt. Zijn eigen bureau was aan de lange zijde van de rij tafels geschoven om zodoende aan het hoofd te zitten. Frank zag de as van zijn sigaar in de asbak smeulen. Op een hoge tafel, zonder stoel, stond een computer, de stekker zat niet eens in het stopcontact en bungelde vlak boven de grond. Ernaast stond een boekenkast met wat oude bibliotheekboeken. Franks blik bleef hangen bij *Oorlog zonder vrienden*. Hij had het als kind stukgelezen en zijn vader had de rug van het boek met ducttape vast moeten plakken. Dit exemplaar was nog intact en hij vroeg zich af of hij het mee naar zijn kamer zou mogen nemen. Gek genoeg stond er tussen alle boeken geen enkel schoolboek.

'Goed jongens, even luisteren naar de mededelingen en dan kunnen we beginnen. Ik ben...'

'Een dikke kale lul!'

Klaas werd ruw onderbroken door Reinout.

Quintin deed niet eens zijn best om zijn lachen in te houden en gierde het uit, hetzelfde gold voor Felix en zelfs Mirjam grinnikte vanachter haar latexhandschoenen mee. Thea deed ook een duit in het zakje.

'Technisch gezien noemt hij allemaal biologische kenmerken van je op, Klaas.'

Klaas knikte en had moeite om zijn gezicht in de plooi te houden.

'Reinout, voor jou heb ik een leuk klusje. Als je wil, mag jij proberen mijn computer te repareren. Ik las in je dossier dat je het prettig vindt om die krengen aan de praat te krijgen, mijn zegen heb je.'

Reinout knikte enthousiast.

'Bedankt plakzak!'

Om vervolgens zijn mond met zijn handen te bedekken. Gedurende het uur dat daarop volgde was het rustig in het schoolgebouwtje.

'Joachim...'

Iedereen veerde geschrokken overeind. Niemand was de woede-uitbarsting van gisteren vergeten en meer van dat soort aanvallen vermijden was iets wat iedereen graag wilde.

'Aarde aan Joachim, ben je thuis?'

'Wat moet je?' Hij schreeuwde niet, zwaaide niet met zijn armen en maakte geen aanstalten om met de perforator te gooien die binnen handbereik lag. Zijn stem klonk zacht, donker, en daardoor des te dreigender, maar Klaas leek zich niets van het dreigende gevaar aan te trekken, hij stond op van zijn bureau.

'Kom eens kijken, jongen.'

Hij sloeg zijn arm om Joachim en dwong hem op een vriendelijke manier mee naar het raam te lopen.

'Kijk, zie je achter het kippenhok dat gebouwtje dat onder al die klimop zit? Als er nou een moment komt, vandaag, morgen of wanneer dan ook, dat je denkt dat je de boel kort en klein wilt slaan, dan mag je het daarmee doen.'

Klaas wees naar een honkbalknuppel die tegen de bibliotheekkast geleund stond. Joachim was net zo verbaasd als de rest van de klas en keek om zich heen, niet goed raad wetend met deze situatie.

Felix stak zijn vinger op.

'Goed zo Felix, je wijsvinger, zeg het eens.'

'Ga je hem, wanneer hij zin heeft om een potje te rammen, een wapen geven?'

Klaas knikte met een grijns van oor tot oor.

'*Imperare est inspicere futurum*, wie weet wat dat betekent?'

'Niemand weet dat, we zijn hier allemaal hartstikke lijp, wat we wel weten is dat jij die barbaar een wapen wil geven en dus zal het zoiets betekenen als: ik ben Klaas en net zo gek als de rest.'

Joachim was inmiddels op zijn plek gaan zitten. Zwijgend en in zichzelf gekeerd staarde hij wat voor zich uit.

'We zijn niet allemaal zo achterlijk als jij Felix, de letterlijke vertaling vanuit het Latijn is: "Regeren is vooruitzien", en wat Klaas daarmee bedoelt is dat hij Joachim de kans wil geven om zijn frustratie op een gecontroleerde manier te uiten.'

Klaas knikte instemmend.

'Thea, ik ben onder de indruk. De vertaling klopt en mijn gedachte erachter is ook correct, dan kunnen we nu verder met de planning voor de rest van de dag.'

Hij bladerde in zijn agenda, Quintin keek angstvallig mee en zag de bui al hangen.

'Zo kerel, ik heb goed nieuws voor je. Ik heb een repetitie opgestuurd gekregen vanuit je school.'

'Ik wacht nog steeds op het goed-nieuws-gedeelte.'

Klaas glimlachte, maar liet zich niet van de wijs brengen door het sarcasme in Quintins stem.

'Om te beginnen is het je lievelingsvak, aardrijkskunde, en ten tweede, houd je vast, je hebt een tien.'

'Mooi zo, mag ik dan een boek uit de kast gaan lezen?'

Klaas schudde zijn hoofd.

'Straks, als je klaar bent met je werk, ik was nog niet uitgesproken. Ik weet hoe spannend je het vindt om getest te worden dus heb ik besloten de boel om te draaien. Je krijgt van mij een tien, bij elke vergissing die je maakt gaat er een half punt van je cijfer af, het zijn twintig meerkeuzevragen en je hebt een uur de tijd.'

Tegenstribbelen had geen zin en Quintin boog zich over zijn repetitie, de andere bewoners werden ook aan het werk gezet, waarbij Thea als enige niet in discussie ging. Frank en de andere nieuwelingen kregen de gelegenheid om een boek uit de kast te pakken. Klaas nam *de Volkskrant* uit zijn tas en sloeg hem open. Na een minuut of vijf was het doodstil in het klaslokaal, iedereen was geconcentreerd bezig.

'Fenna?'

Klaas fluisterde haar naam zo zacht mogelijk om niemand af te leiden.

Ze keek voorzichtig op van het dikke leesboek en drukte haar wijsvinger op haar lippen, Klaas knikte haar vriendelijk toe.

'Ik ben zo weer stil, als jij, nu of in de toekomst, alleen wilt zijn heb ik een leuke opdracht voor je. Achter die deur zit de opslagruimte, daar liggen alle schoolboeken die ik door de jaren heen verzameld heb. Schrik niet, het is een chaos daarbinnen. Misschien kan jij daar wat orde in scheppen, er ligt waarschijnlijk ook nog wat gewone literatuur en die mag je hier in de bibliotheekkast stoppen.'

Fenna keek naar de deur en stond zachtjes op om de anderen niet te storen. Ze keek om het hoekje, Klaas had gelijk, het was inderdaad een chaos. Toch overviel haar een vreemd soort rust bij de aanblik van al die boeken die zich net zo misplaatst leken te voelen als zij. Het enige verschil was dat de boeken nog te redden waren. Fenna draaide zich naar Klaas en knikte hem toe, zijn geretourneerde glimlach was het slotakkoord van deze zwijgzame overeenkomst.

De kamer was klein, niet groter dan twee bij één meter. Alle wanden waren benut door over de gehele lengte boekenplanken te plaatsen, zes stuks van twee meter aan weerszijden en nog eens zes aan de smalle kant van de muur, recht tegenover de deur.

Naast de boeken die in stapels schots en scheef op de planken leken te zijn gegooid, lagen nog een paar volledig gevulde dozen. Ze greep zonder te kijken en trok de eerste de beste titel tevoorschijn, *Sybil*. Fenna las de eerste regels en concludeerde dat het geen lesmateriaal was, het zou de eerste van een hele stapel boeken zijn die ze uiteindelijk naar de bibliotheekkast zou moeten verplaatsen.

'Mirjam, zeg het eens.'

Haar wapperende latex handschoen verraadde het ongeduld waarmee ze Klaas' aandacht probeerde te krijgen.

'Ik moet naar de wc.'

Hij gebaarde met zijn hand dat ze haar gang kon gaan.

'Godverdegodver.'

Deze keer was het niet Reinout die zijn impulsen niet wist te bedwingen, maar Klaas zelf. Frank en de anderen keken verbaasd op. Klaas vouwde de krant onder zijn kin en boog naar voren, waarbij Quintin het zweet op zijn voorhoofd zag glanzen.

'Ik ben jullie vergeten te vertellen dat de wc stuk is, hij trekt niet door.'

'Dat kan gebeuren, dan gaan we in het huis naar de...'

Felix wilde de zin afmaken, maar realiseerde zich wie er op

dat moment van het toilet gebruikmaakte.

'Oh, shit!'

'Dat mag ik niet hopen.'

Quintin keek op van zijn werk en loerde gespannen richting de wc-deur.

'Moeten we niet iemand van de groepsleiding erbij halen? Dettol krijgt zo een paniekaanval waar je u tegen zegt.'

Klaas keek met een onrustige blik in zijn ogen naar het halletje waar het toilet zat, daar bleef het onheilspellend stil.'

'Ik ga Bea waarschuwen.'

Thea wachtte de reactie van Klaas niet eens af en rende het schoolgebouw uit, haar voeten dreunden op de metalen treden en dat was het moment waarop Mirjam haar grootste nachtmerrie geluid gaf door keihard te gillen.

'Iedereen de klas uit en naar het huis, nu meteen!'

Niemand had de behoefte om tegen dit directe bevel in te gaan en als één man stonden ze op. Nadat Felix de deur achter zich had dichtgetrokken liep Klaas naar de wc-deur en tikte er zachtjes tegen met zijn trouwring.

'Iedereen is weg Mirjam, je hoeft je niet naar te voelen.'

'Ga weg alsjeblieft.'

De deur van het schoolgebouwtje zwaaide open en Bea liep direct richting het toilet.

'Lieverd, we zijn er om je te helpen, dit is niet jouw schuld, Klaas had moeten melden dat de wc stuk is.'

Bij het uitspreken van het laatste deel van de zin keek ze vernietigend Klaas' kant op.

Die haalde schuldbewust zijn schouders op en mompelde

zachtjes iets in de trant van ‘vergeten’.

‘Ik heb gepoept en het toilet trekt niet door, ik schaam me zo.’

'Waar bleef je nou?'

Mirjam had de voordeur nog niet achter zich gesloten of de stem van haar moeder was vanuit de woonkamer te horen. Ze keek op haar horloge, het was kwart over vier. Volgens het schoolrooster dat ze voor haar moeder had gekopieerd had ze een uur geleden al thuis kunnen zijn. Nadat de laatste bel van de dag door het schoolgebouw had geklonken had ze zich naar het fietsenhok gehaast.

'Mir, ga je met ons mee?'

Een aantal van haar klasgenoten ging elke dag na school naar de stad. Dwalen door de V&D en sigaretten roken in het stadspark, ze vroegen haar elke dag mee en keer op keer bedankte ze voor het vriendelijke aanbod. Thuis wachtte haar moeder, niet met thee en iets lekkers, maar met geklaag en pijn. Sinds een jaar droeg zij de zorg voor haar terminaal zieke moeder. Borstkanker bleek het einde van de fijne jeugd die ze tot dan toe had gekend. Haar vader vertrok een half jaar nadat de diagnose bij zijn vrouw was vastgesteld. Een half aangevreten tiet was een stuk minder aantrekkelijk dan de gezonde en vooral grote borsten van de voormalige overbuurvrouw. Nadat zij een huis had gekocht in een ander deel van de stad hielp haar vader met klussen.

'Die arme vrouw heeft twee linkerhanden.'

Mirjams moeder knikte en wenste hem veel plezier, ze dacht dat het een goede afleiding zou zijn van de vele bezoeken aan het ziekenhuis. Het nieuws dat ze nog slechts enkele jaren zou leven kwam als een mokerslag bij de familie binnen en iedereen ging daar op zijn eigen manier mee om.

Mirjam verlegde de focus van haar drukke sociale leven naar de zorg voor haar moeder en het doen van alle taken in en rondom het huis. Het bood haar moeder meer dan genoeg tijd om te klagen en die benutte ze volledig.

Haar vader droeg in eerste instantie zijn steentje bij, maar wonderlijk genoeg bleek hij steeds vaker onmisbaar op het werk en waren de avonden dat hij laat thuiskam eerder regel dan uitzondering. Dat de buurvrouw elke overige minuut van zijn vrije tijd in beslag nam viel enkel de verbouwing te verwijten, tot hij op een avond niet meer thuiskwam.

Op het moment dat de telefoon ging stond Mirjam in een braadpan met saucijsjes te roeren.

'Hallo met Mirjam Westerveld.'

'Dag lieverd, met papa... Het spijt me, ik kom niet meer thuis.'

Het gesprek dat volgde was eenzijdig. Haar vader probeerde uit te leggen wat de reden van zijn vertrek was, in de hoop begrip bij zijn enig kind te kweken. Mirjam kon niet geloven wat ze hoorde en staarde naar zichzelf in de reflectie van een schilderij dat boven het bijzettafeltje van de telefoon hing. Ze zag het begin van een puistje, links van haar neusvleugel. Ze drukte erop en voelde een geniepig steekje. Ze legde de telefoon op de haak en liep naar boven, de saucijsjes vergetend.

'Lieverd, was dat papa?'

Ze negeerde haar moeder en liep naar de badkamer. Ze drukte haar gezicht bijna in de spiegel om een goede indruk te krijgen van het leed dat zich naast haar neusvleugel bevond. Een rood puntje was het topje van een, met pus gevulde, bult die onder haar vinger enorm leek, maar in de praktijk nauwelijks zichtbaar was. Ze drukte, duwde en kneep, haar ogen traanden, maar de puist gaf geen krimp. Ze dacht even na en liep naar haar slaapkamer. Een poster van Madonna hing aan de muur.

De hoeken van de poster waren afgeplakt met plakband, zodat je hem met een knopspeld kon ophangen, zonder het risico te lopen dat hij ging scheuren. Ze trok een van de spelden uit de poster en liep terug naar de badkamer.

'Lieverd, ik ruik iets geks vanuit de keuken, wie had je aan de lijn? Was dat je vader?'

De kop van de speld was vies en plakkerig, waarschijnlijk door wat resten behang.

Met haar duim en wijsvinger gleed Mirjam langs de speld en de glimmende punt kwam tevoorschijn. Ze keek via de spiegel naar haar neusvleugel en drukte de speldenpunt tegen het rode vlekje. Ze duwde, er gebeurde niks. Ze bleef prikken en duwen tot er bloederige puntjes verschenen. De prikjes waren niks vergeleken met de scherpe steken die haar vader haar tijdens het telefoongesprek had toegebracht. Ze vroeg zich af hoe ze het nieuws aan haar moeder moest brengen en was bang voor haar reactie. Ze werd misselijk bij de gedachte, maar dat kon ook komen doordat de geur van de verbrande saucijsjes ineens haar neusgaten binnendrong.

'Er brandt iets aan!'

De paniek in de stem van haar moeder was niet te missen en ze rende zo snel mogelijk naar beneden.

De geur die uit de rokende pan kwam deed haar kokhalzen. Het vlees was gecremeerd en de jus zo aangekoekt dat ze de neiging had om de braadpan, met inhoud en al, in de vuilnisbak te kieperen.

'Liefje wie had je nou aan de lijn?'

Mirjam haalde diep adem en besloot om de pleister er in een keer af te rukken. Ze liep naar de woonkamer en ging op de rand van het ziekenhuisbed zitten. Het gesprek dat volgde was naar, de strontkar werd volledig over haar moeder heen gekieperd en ze was ontroostbaar. Mirjam ging uiteindelijk naar bed, slapen lukte niet. Beneden hoorde ze haar moeder tussen het overgeven door keer op keer huilen.

De volgende ochtend lag haar moeder in haar eigen braaksel in bed. Ze had niet eens de moeite genomen om haar te roepen, ze wilde niet verschoond worden en gebaarde dat ze haar met rust moest laten. Mirjam gehoorzaamde en vertrok op de fiets naar school. Ze begroette haar vrienden in het fietsenhok alsof het een ochtend als iedere ander was. Niemand hoefde te weten dat haar vader vertrokken was en dat haar moeder zich die nacht ondergekotst had en weigerde zich op te frissen.

Waar ze normaal gesproken enthousiast begroet werd, steeg er nu gelach op. Sommige klasgenoten maakten kokhalsgeluiden en anderen wezen naar haar gezicht.

'Jezus Mir, spiegeltje overgeslagen vanochtend?'

Het klopte dat ze die ochtend weinig aandacht aan zichzelf

had besteed. Ze had zich verslapen en was direct in haar kleding geschoten om haar moeder te helpen. Dat die haar hulp afwees had haar nauwelijks extra tijd geboden en ze was zonder zich om haar uiterlijk te bekommeren op de fiets gesprongen.

Ze liep rechtstreeks naar het toilet, waar het een drukte van belang was. Iedereen wilde zichzelf nog even fatsoeneren voor de les begon.

De walging op de gezichten en het hoongelach van de meisjes uit de andere klassen zou ze nooit meer vergeten.

Ze keek in de spiegel en zag dat de pukkel naast haar neus hevig was gaan ontsteken. De geïnfecteerde bult was bedekt met pus en geronnen bloed. Ze kon zich de walging van haar klasgenoten goed voorstellen en nog voor de bel voor het eerste uur had geklonken zat ze alweer op de fiets terug naar huis.

Ze trof haar moeder aan zoals ze haar had achtergelaten, onverzorgd, ongewassen, maar vooral ongeïnteresseerd. Gezien haar thuissituatie was het voor Mirjam geen probleem zich ziek te melden, en bij het ophangen van de telefoon had ze tijdelijk wat rust voor zichzelf weten te creëren.

Het ongeduld om de ontsteking niet de nodige rust te gunnen resulteerde in wat haar moeder 'thuisoperaties' noemde, waarbij Mirjam met speldjes en allerhande lotions aan de gang ging om de acne zo snel mogelijk te laten verdwijnen. Het werd slechts erger en de onrust in haar hoofd en hart vertaalde zich naar een gezicht dat door acne geplaagd zou worden.

De zorg voor haar moeder verplaatste zich naar haar eigen uiterlijk. Bang om meer infecties te veroorzaken ging ze met schoonmaakdoekjes in de weer, die ze eerst in kokend water had gelegd.

Dat de hete stof keer op keer haar gezicht leek te verschroeien deerde haar niet. Ze moest en zou een gave huid krijgen, zodat ze zich zonder uitgelachen te worden op school kon vertonen.

Niks hielp, ze spijbelde steeds vaker en wanneer ze er wel was, ontweek ze elke vorm van contact en verborg ze haar gezicht in een sjaal of achter een coltrui. Haar moeders gezondheid ging snel achteruit, het gebrek aan persoonlijke verzorging, maar vooral het feit dat ze de wil om nog langer te leven had opgegeven, versnelde het proces van haar naderende einde.

’s Nachts hoorde Mirjam haar moeder moeizaam ademen, of braken, omdat ze niks meer in haar maag kon verdragen. Of het nu om voeding of medicijnen ging, alles vloog er net zo snel uit als het erin ging.

Het dieptepunt volgde kort voor haar dood. Mirjam werd in de vroege ochtend op de treden van de trap al ontvangen door een penetrante lucht, die sterker werd naarmate ze de woonkamer naderde.

Haar moeder zat huilend in bed, de lakens waren doordrenkt met urine en opgedroogd braaksel zat rondom haar mondhoeken. De emmer waarin ze ’s nachts kon spugen was omgevallen, waarbij de gal zich diep in het hoogpolige tapijt had genesteld.

‘Ik vind het zo erg.’

‘Nou mam, het went, zullen we maar zeggen.’

Haar moeder verborg haar gezicht in haar handen.

‘Oh lieverd, ik schaam me zo.’

Mirjam haalde haar schouders op ten teken dat ze zich geen zorgen hoefde te maken, maar diep van binnen moest ze moeite doen om haar walging te onderdrukken. Ze trok haar moeder voorzichtig overeind. Haar hand rustte op haar rug, op zoek naar enig houvast op het uitgewoonde lijf. Keer op keer gleed haar hand weg over het klamme nachthemd. Ineens was daar het besef, de kletsnatte rug was niet doordrenkt met nachtzweet, maar met ontlasting.

'Gadverdamme.'

Mirjam wilde het niet hardop zeggen, maar door de aanblik van de diarree die tussen haar vingers droop kon ze zich niet langer inhouden.

De maandenlange zorg, het vertrek van haar vader, haar eigen lichaam dat zich van haar slechtste kant liet zien, de laatste druppel was bereikt. Ze liet haar moeder los, die terugviel in de kussens, rende naar boven en liep de badkamer in.

Gehaast kleedde ze zich uit en schopte haar kleding in de hoek, stapte onder de douche en draaide de warme kraan zo ver open als haar lichaam kon verdragen.

Met een nagelborsteltje schrobde ze de ontlasting onder haar nagels vandaan, maar het smerige gevoel bleef. Ze pakte de fles douchegel en duwde het lipje met haar duim open, de fles was nieuw en ze kon zoveel van de vloeibare zeep gebruiken als ze wilde. Keer op keer greep ze naar de fles tot deze helemaal leeg was, het nagelborsteltje had ze zo hardhandig gebruikt dat de stugge haren verbogen waren en haar nagelriemen tot bloedens toe kapot geborsteld. Bij het dichtdraaien van de kraan hoorde ze haar moeder schreeuwen.

'De thuiszorg staat voor de deur! Waarom reageer je niet?'

Mirjam schoot in haar badjas en liep de trap af, naar de voordeur.

'Hallo Mirjam, je moeder had gebeld of we wat eerder konden komen.'

'Je weet de weg, het spijt me van de troep.'

De verpleegkundige knikte en liep naar de woonkamer.

'Hallo mevrouw Westerveld, zullen we u eens lekker opfrissen?'

Ze had een vrolijkheid in haar stem die Mirjam al lang niet meer in het huis had gehoord.

'Mirjam, ik ben iets vergeten uit de auto te halen, zou jij het willen pakken? De deur is los, het is een kartonnen doosje met latex handschoenen.'

In haar badjas liep ze naar de oprit en trok het portier aan de passagierskant open. Ze pakte het doosje en plukte met haar bebloede vingers aan het latex dat er half uit stak, klaar voor gebruik.

'Kan je ze vinden?'

De stem van de verpleegkundige klonk vanuit de voordeur en Mirjam haastte zich met het doosje naar haar toe.

'Fijn, dankjewel, met bedekte handen ruimt dat handiger op, je moest eens weten hoeveel bacteriën er aan je handen blijven kleven bij het aanraken van een deurklink, laat staan wanneer je iemand grondig moet wassen.'

De verpleegkundige liep de woonkamer in en liet haar in de gang achter. Mirjam duwde de voordeur met haar voet dicht en ging naar haar kamer. Daar bleef ze de rest van de avond zitten tot het tijd was om haar moeder toe te dekken voor de nacht. Gelukkig sliep ze al en ontweek ze daardoor de verplichte nachtzoen. Ze schoof de spuugemmer buiten 'omstoot-bereik' en schoof het dekbed rondom haar lichaam. Het zieke lijf ademde moeizaam en leek zich aan het leven vast te klampen, terwijl de dood niets liever wilde dan haar uit haar lijden verlossen.

Ze keek naar het kussen dat aan het voeteneind lag. In de momenten dat haar moeder niet sliep, bood het de nodige ondersteuning voor haar pijnlijke gewrichten. Nu zou het haar tot steun kunnen zijn als ze de moed had om het op te pakken en haar moeder en daarmee zichzelf te bevrijden.

Het stokken van de adem bracht haar terug in het hier en nu en ze schudde de moordzuchtige gedachte van zich af. Ze boog naar het bijzettafeltje om het nachtlampje uit te doen. Er lagen twee Libelles, in de uiterste hoek stonden een groene Tupperware beker met wat limonade en een reiswekker die je in kon klappen. Een bakje vol medicijnen lag gereed voor de ochtend om een leven te rekken dat de moeite van het lijden niet eens waard was. Naast de lamp stond een kartonnen doos met latex handschoenen, Ze trok er gedachteloos een paar uit en stak ze in haar broekzak.

'Mirjam... Ik heb iedereen naar zijn kamer gestuurd en Klaas is naar huis gegaan. De loodgieter is onderweg om het toilet te repareren en die heeft voor hetere vuren gestaan, zal ik je mee naar het huis nemen?'

Bea's stem klonk zachtjes, maar gaf Mirjam net dat beetje vertrouwen om de wc-deur van het slot te draaien. Ze stak voorzichtig een latex handschoen om de hoek van de deur en keek schichtig het klaslokaal in. Bea had niet gelogen, Klaas was inderdaad vertrokken. Ze haalde diep adem en kwam naar buiten.

'Kunnen we hier weg alsjeblieft?'

Bea knikte en samen liepen ze terug naar het huis.

'Straks hebben jullie PMT en dan is iedereen dit voorval vergeten, ik beloof het, maak je niet druk.'

P.M.T.

'We hebben nog een kwartier voordat we in het gekkenbusje moeten.'

Quintin stond in de deur van Franks slaapkamer en tikte ongeduldig met zijn vingers op de deurpost.

'Wat loop je de hele tijd in je kast te klooien, je hebt toch wel sportkleding meegenomen?'

Frank stak zijn hoofd om de hoek van de kast.

'Sportkleding? Ik wilde mijn jas pakken, ik dacht dat we groepstherapie hadden?'

'Dat klopt, in je sportkleding... Psychomotorische therapie, in een gymzaal in het ziekenhuis, vandaar de rit met het debielenbusje.'

Frank keek Quintin niet begrijpend aan.

'Het is een therapievorm waarbij we fysiek bezig zijn, eigenlijk gewoon een soort gymnastiek, maar dan met een uiterst irritante dubbele laag, waarover we dan in gesprek gaan. Als je geen sportkleding hebt, kan je wat van mij lenen, maar we moeten haast maken, Erik haat te laat komen.'

De jongens renden de trap af naar de voordeur, Erik zat al ongeduldig in de bus op de claxon te drukken.

'Tempo, ik ga niet in de spits terugrijden.'

'Heeft Erik altijd haast?'

'Nee, hij is wel altijd een lul.'

Frank grinnikte, hij voelde zich op zijn gemak en had wel zin in een uurtje gymnastiek.

'Kijk Quintin, ze hebben Dettol uit de wc weten te krijgen.'

Mirjam stapte in de bus en ging achterin zitten, ze keek weg van de rest van de groep.

Quintin pakte vlak voor het instappen Frank bij zijn schouder en trok hem naar zich toe.

'Wij als bewoners hebben, naast de huisregels, zelf ook een aantal afspraken gemaakt. Plagen en pesterijtjes zijn oké, maar als iemand het echt zwaar heeft gehad laten we die persoon met rust en steunen we elkaar. We zitten tenslotte allemaal in hetzelfde schuitje.'

Frank knikte. De jongens stapten in.

'We spelen de finale vandaag.'

Mirjam keek naar Quintin, die als laatste een plekje zocht. Thea klapte enthousiast in haar handen. Felix ging achterstevoren op zijn stoel zitten.

'Dat was ik vergeten! Nou Mirjam, met een beetje geluk krijg jij de bokaal mee naar huis.'

Quintin schudde zijn hoofd.

'Wat denk je zelf, het feit dat ze met mazzel in de finale is gekomen, wil niet zeggen dat ze een kans maakt om te winnen. Doe normaal man, wat is er mis met jou.'

'Genoeg, daarom zit ik in dit busje. Erik, mag ik de radio aanzetten voor een leuk muziekje?'

'Nee, wat jij mag doen is gaan zitten en je mond houden.'

Zwijgend werd de busrit voortgezet. Erik pakte een sigaartje uit het doosje dat standaard in het dashboardkastje lag. De bus vulde zich met de doordringende geur en hij weigerde een raampje te openen. Ze stonden voor het stoplicht bij een druk kruispunt, Thea besloot dat het tijd was om hem terug te pakken.

'Oké jongens, "tong-uit-je-bek-tijd', niemand uitgezonderd, op Mirjam na dan.'

Thea voegde de daad bij haar eigen woord en drukt haar hele gezicht met tong uit haar mond tegen het raam, daarbij draaide ze haar ogen alle kanten op, de anderen volgden. Dit tot ergernis van Erik, die alle bestuurders aan de linkerkant van zijn bus vol verbazing zag kijken.

'Doe normaal en ga zitten, ik schaam me dood!'

'Je weet in wat voor bus je rijdt en waar je werkt? Voor ons ís dit normaal, het is verschrikkelijk smerig, maar wel normaal.'

Hoewel Mirjam niet meedeed, steunde ze de actie van harte.

Het licht sprong op groen en Erik drukte zijn voet krachtig op het gaspedaal. De bus schoot naar voren, waardoor alle tongen als een zeem langs de ramen werden getrokken.

'Iedere keer weer dezelfde kutgrapjes, ik ben jullie spuugzat.'

'Ach Erik, voel je je naar door ons?'

'Ja Thea, door dat achterlijke gedrag van jullie.'

'Als ik mij naar voel, zet ik meestal een leuk muziekje op.'

'Felix, ik waarschuw je, tot we bij het ziekenhuis zijn houd jij je grote waffel dicht, begrepen?'

Gedurende de rest van de rit bleef het stil. Dat kostte vooral Reinout moeite, die, vanaf het moment dat het licht op groen sprong, zijn hand voor zijn mond hield om de situatie niet nog erger te maken. Quintin had zijn arm om hem heen geslagen en klopte af en toe geruststellend op zijn schouder.

Niet veel later arriveerden ze bij het ziekenhuis. Voor de schuifdeuren stond een lange, slanke man met een notitieblok in zijn handen. Erik parkeerde de bus vlak voor de ingang en draaide zich naar de groep.

'Vijf uur sta ik voor de deur, wie te laat is krijgt dubbel corvee.'

Mirjam was de bus nog niet uit of Erik reed weg.

De man keek naar de bewoners en pakte zijn lijst erbij.

'Ik zag wat nieuwe namen staan, we gaan eerst naar binnen en omkleden, dan neem ik daarna de presentielijst door.'

Ze volgden hem naar binnen, er leek geen einde te komen aan de wandeling door de gangen van het ziekenhuis. De typische ziekenhuisgeur drong diep door tot in Franks neus, verdrongen herinneringen doemden ineens op. Beelden waar hij niet meer aan wilde denken, maar die zo levendig waren dat hij niet anders kon dan met zijn hoofd schudden om ze uit zijn hoofd te krijgen. Met de muis van zijn handen sloeg hij een paar keer zachtjes tegen zijn slapen.

'Ben je oké? Ik heb mijn walkman bij me, als je wil mag je hem wel lenen?'

'Felix, stop je walkman terug in je tas, je weet wat we hebben afgesproken. Iedereen omkleden en zo snel mogelijk terugkomen.'

Kort daarna zat iedereen op een houten bankje.

'Welkom allemaal, in het bijzonder de nieuwe namen. Wees gerust, ik heb jullie dossiers zorgvuldig kunnen bestuderen en ben bekend met jullie problematiek.'

‘Lange dunne lul met aids!’

‘Jij moet Reinout zijn... mijn naam is Robert-Jan en ik ben jullie begeleider en therapeut gedurende deze les. PMT staat voor psychomotorische therapie. Hierbij staan we door middel van actief bewegen en andere oefeningen stil bij je gedrag en emoties. Op die manier proberen we je gedachten te sturen, zodat je meer grip op je leven krijgt. Is dat niet een leuk vooruitzicht?’

Frank keek naar Quintin, die zijn schouders ophaalde. Mirjam liep de zaal in met twee volleyballen in haar hand, ze rolde een van de twee ballen naar Quintin en knikte Robert-Jan toe.

‘Het is de dag van de finale’

‘Jazeker, ik heb niet voor niets de bokaal meegenomen.’

Er ging een gejuich op van de bank en Quintin stond op, om de veters van zijn sportschoenen los te knopen.

‘Wat doe jij nou?’

Quintin grinnikte en schopte zijn schoenen richting Frank.

Ik speel beter op sokken, heel gek is dat, soort bijgeloof.’

‘Zet ’m op, kalknagels!’

‘Dank je Reinout, ik ga mijn best doen.

Robert-Jan had de gymzaal afgezet met pionnen, waardoor er een kleinere, vierkante ruimte op de vloer was ontstaan.

‘Oké jongens, de finale van trefbal, met als inzet: de eer, de les die ik jullie heb willen leren en deze fraaie bokaal.’

Uit zijn tas haalde hij een mini-trofeetje van nog geen tien centimeter, staand op een marmeren sokkeltje, en hield het omhoog. Op een zilveren plaatje stond een inscriptie.

‘Winnaar van trefbal en het leven.’

‘Quintin, Mirjam... Jullie mogen naar voren komen, ik leg nog een keer de spelregels uit. Ieder van jullie heeft een volleybal, wanneer iemand struikelt en op de grond valt, mag je daar geen gebruik van maken, want...?'

Robert-Jan liet een stilte vallen en keek de oudgedienden van de groep met dwingende ogen aan.

'Kom op jongens, dit is de essentie van PMT, ik weet dat het voor jullie niets meer is dan een uurtje gymnastiek, maar we zijn hier met een doel.'

De bewoners van het eerste uur zuchtten diep, maar gaven dan als één man gehoor aan het verzoek en dreunden het antwoord op: 'Wie is gevallen in het leven, komt overeind door het spel.'

'Precies! Heel goed en wat bedoel ik daarmee?'

'Je wilt ons leren dat we hier in een veilige omgeving mogen vallen, zodat we weten hoe we straks in de buitenwereld op moeten krabbelen, mochten we onderuitgaan. Kunnen we beginnen? Ik zie Dettol stretchen en zij kan blijkbaar niet wachten om door mij in de pan gehakt te worden.'

LIK OP STUK

De bal had niet eens heel veel snelheid, hij kwam gewoon precies goed terecht, of slecht, afhankelijk vanuit wiens perspectief je het bekeek.

'Godverdegodver.'

Twee handen grepen naar het gelaat, waar het bloed direct door de vingers begon te sijpelen. Vanaf de andere kant van het speelveld werd geschrokken gereageerd.

'Shit, ben je oké? Dat was niet de bedoeling!'

Mirjam en Quintin waren aan elkaar gewaagd en bij een 4-4 stand was het niet te voorspellen wie van de twee er met de bokaal naar huis zou gaan. De winnende treffer was gewoon heel slim gespeeld. Met een boogje was de bal, ogenschijnlijk, ver buiten het bereik van de tegenstander tegen de muur gegooid. De gok pakte goed uit, de afstand werd volledig verkeerd ingeschat.

Het was een voltreffer, vol op de neus.

In de gymzaal viel het stil, dat was bij aanvang van de wedstrijd wel anders.

Thea stond vanaf het eerste fluitsignaal direct al op de bank en moedigde hen allebei aan.

'Maak Quintin kapot Dett... Mirjam! Je kan hem hebben!'

Mirjam hield haar volleybal met haar latex handschoenen

omhoog, ten teken dat ze klaar was voor de strijd.

'Jij mag van mij ook winnen hoor Quintin.'

'Bedankt Thea, heel geloofwaardig!'

Hij moest er zelf om lachen en stak zijn duim omhoog, omdat hij wist dat ze het niet verkeerd bedoelde.

'Ik wed om een knaak dat Mirjam gaat winnen!'

Felix zag overal een verdienmodel in en deze wedstrijd was een goede manier om wat bij te verdienen.

'Ik doe met je mee.'

Felix knikte Frank toe en keek om zich heen of iemand anders nog interesse had, maar de rest van de bank was volledig gericht op de spelers.

'Oké jongens, zijn we er klaar voor? Kop of munt?

Mirjam koos kop en de gulden, waarmee Robert-Jan ging bepalen wie er zou winnen, gooide hij in de lucht om hem vervolgens op de rug van zijn hand op te vangen.

'Kop!'

'Vol pus op je gezicht!'

Quintin en Mirjam negeerden Reinout zijn geschreeuw en liepen ieder naar een helft van het speelveld.

Het duurde nog geen vijf minuten of Quintin stond met 3-1 achter. Hoewel hij het eerste punt vrij eenvoudig scoorde, herstelde Mirjam zich razendsnel met een tegentreffer die op zijn sportsok landde. De twee punten daarna resulteerden in hartgrondig gevloek van Quintin die zichzelf letterlijk voor zijn kop kon sloeg.

'Ik dacht dat jij zo goed was als je op je sokken speelde.'

Quintin keek met een verbeten blik naar Mirjam, die een zelfverzekerdheid uitstraalde die hij niet eerder bij haar had gezien. Hij kon nog winnen, maar dan kon hij zich geen enkele fout meer permitteren.

De 3-2 was al snel een feit: met meer geluk dan wijsheid kreeg Mirjam de bal tegen haar rug. De stand werd vervolgens gelijkgetrokken doordat Quintin op zijn sokken een sprintje naar de rand van het speelveld nam. Daar ving hij, al glijdend, de bal om hem direct op Mirjam haar knie te gooien.

De punten die daarop volgden ontstonden uit een strafbal die Quintin tegen kreeg omdat Mirjam zich verstapte, onderuit ging en hij toch de bal tegen haar achterhoofd gooide. Bij de strafbal mocht Mirjam van de achterwand van het speelveld de bal rollen of gooien, waarbij Quintin de aankomende bal niet mocht ontwijken. Het werd een tergend langzaam rollertje, dat tegen zijn voeten tot stilstand kwam.

De 4-4 was niet meer dan een wilde gooi, de bal zwabberde dusdanig raar door de lucht dat Mirjam hem totaal verkeerd inschatte en de bal vol tegen haar vulva kreeg. Ze klapte dubbel en hapte naar adem.

'Kutbal!'

Reinouts commentaar ging bij de bankzitters op hun lachspieren werken en zelfs Robert-Jan had moeite om zijn lachen in te houden.

Mirjam strekte haar rug en hield haar hoofd achterover.

'Ben je oké?'

De bezorgdheid in Quintins stem was oprecht, een latex handschoentje wapperde omhoog ten teken dat er doorgespeeld kon worden. De daaropvolgende worp van Mirjam miste elke vorm van bezieling en Quintin ving de bal zonder moeite op. Hij voelde de zweetdruppels via zijn neusvleugels over zijn lippen glijden. Met het puntje van zijn tong likte hij ze van zijn mond en kneep zijn ogen tot spleetjes.

'Lekker likken met je bal!'

Reinouts onzinnige commentaar bracht hem op een idee.

Mirjam wees met haar wijsvinger naar haar rechteroog: mij verras je niet nog een keer. Quintin dacht terug aan de finale van het EK voetbal van 1988. Hans van Breukelen maakte een soortgelijk gebaar naar zijn Russische tegenstander. Het werkte, Van Breukelen wist de penalty met zijn knie te stoppen en mede daardoor werd het Nederlands elftal Europees kampioen.

Maar Mirjam was geen Hans van Breukelen, laat staan een keeper, zij was gewoon een meisje met smetvrees. Quintin pakte de volleybal en hield hem met twee handen bij zijn gezicht. Het onbedoelde advies van Reinout echode na in zijn hoofd. Hij stak zijn tong uit en likte aan de bal, met grote halen slobberde hij de bal onder, tot het spuug tussen zijn vingers droop. De gehele bank zat met open mond naar het tafereel te kijken, tot Felix als eerste iets zei.

'Quintin is eindelijk een van ons, hij is knettergek geworden.'

Mirjam keek toe, en moest haar best doen om de inhoud van haar maag niet via haar slokdarm omhoog te laten komen. Dat was het moment dat Quintin de slijmbal in zijn linkerhand nam.

Hij draaide zijn heup naar achteren en slingerde zijn arm met bal en al zo ver mogelijk mee, om op het juist moment de bal los te laten, die als een torpedo recht op Mirjam afvloog.

Iedereen op de bank stond op en schreeuwde het uit, Thea hield haar handen in de lucht omdat ze stond te juichen en aan te moedigen tegelijk. Felix brulde zo hard als hij kon dat Mirjam de bal maar beter kon vangen, zelfs Fenna klapte zacht in haar handen.

De bal kwam recht op Mirjam af en tijd om na te denken was er niet...

Het gejuich langs de zijlijn had een stadion kunnen vullen, er werd geapplaudisseerd en gejoeld, Frank floot op zijn vingers en Felix leek het meest gelukkig van allemaal, dat had waarschijnlijk te maken met de weddenschap.

Quintin klapte vol bewondering in zijn handen. Mirjam keek vol verbazing naar de onder- gelikte volleybal die ze klemvast in haar handen had. Er was geen tijd geweest om na te denken, noch om weg te duiken en ruimte voor haar smetvrees was er in dat korte moment niet. Ze had instinctief gehandeld en de bal zonder enige aarzeling gevangen.

Het voordeel lag nu volledig bij Mirjam, ze gooide plotseling de bal tegen de muur achter hem. Quintin schatte de situatie totaal verkeerd in, hij draaide zich om, maar was te laat. Het resultaat was een bloedneus en de overwinning voor Mirjam.

'Jongens, wat ben ik trots op jullie, wat een wedstrijd!'

Robert-Jan stond tussen Quintin en Mirjam in.

'Jij krijgt van mij een zakdoek en jou overhandig ik zo de trofee, je hebt hem ontzettend verdiend! Mag ik een applaus voor de winnaar van het trefbal toernooi en het leven? Mirjam!'

Iedereen klapte zijn handen stuk.

'Jongens, voor we gaan omkleden, de slotvraag. Wat was volgens jullie de achterliggende gedachte van het trefbaltoernooi?'

Niemand leek het antwoord te weten. De bewoners keken eerst naar elkaar en vervolgens naar Robert-Jan.

'Ik wil dat jullie dit goed onthouden, want het is belangrijk. De bal stond voor "het leven" en daarin hebben jullie de keuze. Je kan je laten raken, je kan het proberen te ontwijken, maar misschien is het wel het beste om de klappen op te vangen. Om zo de controle weer in handen te nemen, precies zoals Mirjam heeft gedaan. Quintin probeerde gebruik te maken van haar zwakte, maar door de snelheid waarmee de bal, of beter gezegd, het leven, op haar afkwam, was er geen tijd om na te denken en moest ze gewoon handelen. Daar kwam haar ware aard naar boven.'

Robert-Jan richtte zich rechtstreeks tot Mirjam.

'Je beseft het misschien niet, maar je hebt een enorme stap gemaakt vandaag. Je laat je niet meer raken, je duikt niet meer weg, je doet juist het tegenovergestelde. Je grijpt het vast en je weet nu dat je zelf kan bepalen hoe je dat gaat invullen. En mocht je ooit het gevoel hebben dat je terugvalt, dan kijk je naar je trofee om jezelf eraan te herinneren hoever je al bent gekomen.'

Iedereen was stil en liet de woorden van Robert-Jan op zich inwerken.

Na de les stapten de twee finalisten als eerste bij Erik in de bus en gingen naast elkaar zitten.

'Je was verschrikkelijk goed, weet je dat, je verdiende de finaleplek en deze beker, dat had niks met mazzel te maken, dat zei ik omdat ik wilde winnen.'

Mirjam glimlachte en samen keken ze naar het trofeetje.

Bij thuiskomst keerde Erik zich naar Mirjam om.

'Omdat jij gewonnen hebt, mag jij kiezen wat we eten.'

Er ging gejuich op en de voorstellen vlogen Mirjam om de oren. Felix schreeuwde om poffertjes, Thea wilde sushi en Reinout vond dat het 'godverdetyfus' tijd was voor fucking vlammetjes. Mirjam hoorde de suggesties glimlachend aan en dacht na.

'Pannenkoeken, daar heb ik zin in.'

Het voorstel werd door iedereen, behalve Thea, goedkeurend ontvangen. Zij staarde verdrietig voor zich uit en terwijl iedereen in vrolijke stemming de bus verliet, liep zij met gebogen hoofd als laatste het huis in.

Erik sloot de bus af en volgde de bewoners.

Op de achterbank lagen een paar blauwe latex handschoenen, vergeten omdat een klein trofeetje op een sokkeltje belangrijker was dan welke angst dan ook.

'Ik ga mijn vader even bellen.'

Thea dook de telefooncel in.

Mirjam liep de keuken in om alle ingrediënten voor de pannenkoeken te pakken.

'Mag ik je helpen?'

Reinout stond in de deuropening en had na het uitspreken van de zin direct zijn mond bedekt.

'Dat mag jij zeker, en laat je hand zakken, ik weet dat het niks persoonlijks is. Ik zet alles voor je klaar en dan mag jij het in een kom doen en mixen.'

Mirjam draaide de kraan open om haar handen te wassen en zag tot haar schrik dat ze geen handschoenen had aangetrokken.

'Ik moet even naar mijn kamer, geloof ik.'

Ze liep naar de trap in de hal waar Thea zat te bellen.

'...en toen won Mirjam de wedstrijd, nou dag papa, ik bel je snel.'

Thea hing op en bleef op het krukje in de telefooncel zitten.

'Ben je oké? Wil je helpen met pannenkoeken bakken?'

Thea schudde haar hoofd en trok de deur van de telefooncel zachtjes dicht.

De voordeur kreeg je open door met de sleutel in het slot een beetje te wiebelen, wanneer je dan de deurknop naar je toetrok en een zachte klik hoorde kon je de sleutel omdraaien. Het was een beetje ingewikkeld, zo werkte hun voordeur nu eenmaal. Thea's moeder verdween uit haar leven toen ze vijf was. De laatste keer dat ze haar zag, kwam ze de woonkamer in met een grote weekendtas over haar schouder, Thea zat voor de televisie en keek naar *Het kleine huis op de prairie*. Ze kreeg een nieuwe barbiepop in haar handen gedrukt en een kus op haar voorhoofd. Thea keek naar de pop en wees verbaasd naar haar moeders tas.

'Mama op vakantie?'

Haar moeder knikte gelaten.

'Ja lieverd, mama op vakantie.'

De voordeur die in het slot viel maakte een einde aan de relatie tussen moeder en dochter.

Een postnatale depressie in combinatie met overmatig alcoholgebruik zorgde voor veel spanningen. Thea was in alles te veel voor haar moeder, die uit pure wanhoop naar de fles greep om te voorkomen dat ze zich in haar onmacht aan haar eigen dochter zou vergrijpen. Ze voelde zo veel ongeduld opkomen als ze naar haar eigen kind keek en kon haar vragende ogen niet verdragen. De drank verdoofde precies lang genoeg tot de voordeur open zou zwaaien en Thea's vader er weer zou zijn.

Hij was een bliksemafleider voor haar moeder en een bron van energie en liefde voor Thea. Wanneer hij thuiskwam stroomde er warmte door het huis en leek zelfs de zon haar best te doen om zich tussen de kieren van de gesloten gordijnen te laten zien. Dan voelde ze zijn sterke armen als hij haar optilde en begroef ze haar neus in zijn nek, waar de geur van zijn aftershave tot diep in haar herinneringen zou doordringen.

Haar vader was haar alles en dat was maar goed ook, want haar moeder zou ze nooit meer zien. Een enkele verjaardagskaart verraadde een nieuw leven in een land waarvan ze de taal niet kende en ze de dieren op de voorkant in dierenpark Emmen voor het eerst in het echt zou zien.

Op het moment dat zij vertrok was hij net de deur uit voor de wekelijkse boodschappen. Bij thuiskomst zat Thea op de bank de blonde haren van haar nieuwe pop te kammen.

'Waar is je moeder?'

Thea wees met Barbie en al naar de voordeur.

'Mama op vakantie.'

Haar vader knikte en liep naar de keuken om de boodschappen uit te pakken. Eten voor een hele week, zoals hij meestal deed, met dat verschil dat er nu een mond minder te voeden zou zijn. Hij hoefde niet eens door het huis te lopen om zichzelf te overtuigen van hetgeen hij al lang geleden aan zag komen.

Zijn vrouw had nooit een kinderwens gehad, hij was degene die haar had overtuigd van het ultieme geluk dat hen zou wachten wanneer ze een compleet gezin zouden zijn. Uiteindelijk gaf ze toe, voornamelijk omdat het de enige manier was om zijn gezeur te stoppen, bovendien had ze de stille wens dat ze onvruchtbaar was, tenslotte was ze al tweeënveertig.

Niets bleek minder waar: binnen een maand was ze zwanger van Thea. Ze waren totaal in shock, alleen was het bij haar van ongeloof en bij hem van blijdschap. Hij werkte ondertussen als filiaalmanager bij de Free Record Shop en deed dat met veel succes. Met zijn charisma, enthousiasme en doorzettingsvermogen wist hij vele landelijke en internationale artiesten in zijn winkel te krijgen om hun nieuwste cd's te promoten en te signeren. Doordat hij met de verschillende artiesten goede contacten zou blijven onderhouden, kon je bij hem terecht voor kaartjes voor concerten. De vrijkaartjes die eigenlijk voor eigen gebruik waren, verkocht hij voor een goede prijs. Dat extra zakcentje kwam met Thea op komst goed van pas. Met zijn lange haar was hij in de stad bijna net zo populair als de artiesten die met regelmaat voor lange rijen in de straat van zijn winkel zorgden. Zodra hij thuiskwam was hij alleen nog Thea's vader, daar zou hij de rol van moeder aan toe moeten voegen. Koken was daar een onderdeel van. Hij kon slechts vier dingen klaarmaken, en daarbij volgde hij nauwgezet de instructies die zijn eigen moeder ooit voor hem in een schriftje had geschreven.

Thea vond het niet erg, ze hield van die regelmaat.

Op maandag aten ze kippensoep met brood, dinsdag spaghetti met zalm in roomsaus, de woensdag was gereserveerd voor aardappelen, bloemkool en een gehaktbal, op donderdag kwam er, gedurende het hele jaar, een zuurkoolovenschotel op tafel te staan. Vrijdags haalde haar vader meestal sushi en op zaterdag mocht ze kiezen uit patat of pizza, meestal koos ze voor het laatste.

Hij werkte zes dagen in de week. Daarmee verdiende hij net genoeg om haar een zo veilig mogelijke jeugd te bezorgen. Dat ze hem daardoor weinig zag, maakte hij goed door elke minuut die ze samen konden besteden gedenkwaardig te maken. Hij leerde van de buurvrouw hoe hij haar haar moest vlechten, zodat ze de volgende dag met een kop vol krullen naar school kon. Hij bracht haar elke week naar balletles en bleef als een van de weinige vaders kijken. Niemand kon zo voorlezen als hij en elke ochtend kreeg ze een ontbijt met een koninklijk tintje, waarbij hij de hagelslag op haar boterham in de vorm van een kroontje strooide.

Na schooltijd en op zaterdag werd ze opgevangen door de buren. Meestal ging ze eerst naar huis om het antwoordapparaat af te luisteren. De enige die een berichtje achterliet was haar vader. Klokslag vier uur zat hij in het kantoortje van de winkel de administratie van de vorige dag te doen. Tussendoor nam hij de tijd om een berichtje op het antwoordapparaat achter te laten. Na al die jaren kon hij nog steeds niet wennen aan zijn eigen stem op de welkomstboodschap van het bandje.

'Dag lieverd, hier is papa. Had je een leuke dag? Wij moesten vandaag meer dan driehonderd cd's uitpakken, inboeken en opbergen. Ik zie je straks en dan gaan we vanavond lekker zuurkool uit de oven eten.'

Tegen etenstijd stond ze al ongeduldig bij de voordeur op hem te wachten. Zodra ze zijn fiets op de oprit zag verschijnen, stormde ze naar buiten en sleurde hem zo snel mogelijk naar huis. Over haar moeder werd nooit meer gesproken. Alleen met haar verjaardag, als er een kaartje kwam, spraken ze over haar en vroegen ze zich af hoe het met haar zou zijn.

Van alle dagen van de week was de zondag haar favoriet. Dan maakten ze samen pannenkoeken.

Alle ingrediënten stonden al klaar: de melk, eieren, bloem en de roomboter, helemaal gereed om het perfecte beslag te maken.

Elk eitje mocht ze zachtjes tegen zijn voorhoofd stukslaan voor het in de beslagkom verdween. Omdat de eerste pannenkoek meestal mislukte, mocht ze die tijdens het bakken al opeten. Meestal at ze er daarna nog twee, heel soms, als ze echt heel erg veel honger had, drie. Op maandag kreeg ze een overgebleven pannenkoek mee naar school. Ze hadden het fijn samen, eenvoudig, maar liefdevol.

Omdat haar school vlakbij de stad lag, fietsten ze vaak samen op. Andere kinderen vonden dat misschien stom, dat gold niet voor Thea, zij had tenslotte de coolste vader van de stad. Naarmate ze ouder werd nam hij haar steeds vaker mee naar speciale muziekevenementen. De kaartjes die hij daarvoor kreeg, werden niet langer verkocht, maar dienden als doel om zijn dochter iets extra's van het leven mee te geven.

Het eerste concert dat ze samen zagen was op 18 augustus 1988, een groter artiest zou ze nooit meer op zien treden en ze was fan van Prince zijn muziek vanaf het moment dat hij het podium betrad.

Ze zou hem nog eenmaal zien spelen, op 2 juni 1990, althans, dat was de bedoeling. Haar vader had haar de dag daarvoor, bij de ontbijttafel, verrast met de twee kaartjes. Hoewel ze net naar de middelbare school ging, kreeg ze nog elke ochtend een hagelslag-kroontje bij het ontbijt en deze vrijdagochtend lagen er twee concertkaartjes voor Prince bij. Ze kon haar geluk niet op en vloog haar vader om de nek.

'We gaan er een geweldig weekend van maken lieverd, ik ga alvast naar mijn werk, hopelijk ben ik de buien voor.'

Hij wees naar buiten, waar donkere wolken zich in rap tempo leken te vermenigvuldigen.

'Ik zie je vanavond, oké?'

Thea knikte en keek glunderend naar de toegangsbewijzen voor de Kuip. Haar vader tikte buiten nog eenmaal op het raam, zwaaide zijn been over de stang van zijn fiets en ging ervandoor.

Thea genoot van haar boterham met hagelslag en de voorpret van het concert, tot het tijd was om te vertrekken.

Het was inmiddels gaan regenen. De fietstocht naar school duurde normaal gesproken twintig minuten, maar deze keer werd ze tegenhouden door een rood-wit gestreept lint van de politie. Van een afstandje zag ze hoe een meneer van de ambulance bezig was een man te reanimeren. Zijn fiets lag naast hem op het fietspad en bij elke compressie van de ambulancemedewerker bewoog het hoofd van de man een beetje heen en weer, zijn lange haar lag in het regenwater.

'Jullie moeten doorsteken via de fietstunnel aan de overkant van de weg.'

De agent moest het tot drie keer toe herhalen voor ze kon reageren, ze wees naar de fiets van haar vader, opende haar mond, maar kon niets uitbrengen.

Zijn dood kwam in haar leven net zo onverwachts als haar geboorte in dat van hem.

Hoewel het huis volledig afbetaald was en zij de enige erfgename, verbleef ze het eerste halfjaar bij de buren. Ze was te jong om in het huis te wonen en de herinneringen waren simpelweg te pijnlijk.

Ze kreeg een wezenpensioen toegewezen en de buren zorgden ervoor dat alle rekeningen van het huis daar netjes van betaald werden. Hoe liefdevol hun zorg ook was, het werkte verstikkend. Thea ging zich steeds meer afzetten en begaf zich al op jonge leeftijd in het nachtleven. Haar vaders reputatie en achternaam openden vele deuren, die, gezien haar leeftijd, voor haar gesloten hadden moeten blijven. Om met zijn gemis om te gaan sliep ze overdag en verdrong ze in de nacht de herinneringen aan zijn bestaan. Langzaam verloor ze de grip op haar leven en zocht ze haar toevlucht in seks, drank en drugs, waarbij ze steeds vaker op rooftocht ging om haar verslavingen te bekostigen. Geen winkel was veilig voor haar vlugge vingers en alles wat ze stal verkocht ze net zo snel weer door.

Ze werd in 1992, op een donderdag in mei, opgepakt voor diefstal in een exclusieve modezaak, een week later zou Prince komen spelen in Ahoy.

Op het politiebureau mocht ze een telefoontje plegen.

Ze belde naar huis, naar haar vader... Het antwoordapparaat nam op.

'Hallo, dit is het antwoordapparaat van Bram en Thea, we zijn er momenteel niet, als je een boodschap achterlaat bellen we je zo snel mogelijk terug...'

Het laatste deel van de zin zei hij lachend, dat kwam door Thea zelf. Ze was op de achtergrond te horen, ze stond in de keuken en schreeuwde dat er een pannenkoek stond aan te branden...

'Eitje tik, teringmongool!'

Zelfs vanuit de telefooncel was Reinout op volle sterkte te horen. Mirjam, die zojuist de trap af was komen lopen, versnelde haar pas en rende naar de keuken.

Ze sloeg haar handen voor haar mond.

'Nee, Reinout, nee!'

De keuken was ontploft. De meeste eieren waren kapotgeslagen en klodders eigeel zaten tegen het plafond. Van de koekenpannen kwam blauwe rook af, omdat dikke klodders boter op hoog vuur stonden te spetteren. Melk gutste vanuit de omgegooide pakken over het aanrecht en de vloer, Reinout stond in het midden van deze, door hem gecreëerde chaos, met zijn armen gespreid. Zijn gezicht en haar waren wit van de bloem en in zijn handen hield hij de laatste twee eieren vast.

'Sorry Mirjam, ik kan er niks aan doen! Het spijt me, eitje tik godverdomme, tempo en snel een beetje!'

Hij sloeg de eieren op zijn voorhoofd stuk en het eigeel vermengde zich direct met de bloem.

Mirjam begon te gillen bij de aanblik van de ontstane puinhoop. Van alle kanten kwamen de andere bewoners en begeleiding op de drukte af.

Reinout begon te huilen en bood iedereen zijn excuus aan, om vervolgens vlug zijn mond met zijn kleverige handen te bedekken.

'Jezus pannenkoek, waarom moet je nu klooien met ons avondeten? Kom mee, je bent hartstikke vies.'

Quintin sloeg zijn arm om Reinout heen en liep met hem naar de trap. Bea pakte een mop en begon samen met Felix de boel op te ruimen. Thea pakte een trekker om de melk vanaf het aanrecht naar de gootsteen te begeleiden.

'Wat moeten we nu eten?'

Mirjam stelde de vraag, terwijl ze met een bezem in de weer was om de bloem op een hoop te vegen.

'Jij had de wedstrijd gewonnen, dus jij beslist.'

Mirjam knikte Bea toe en dacht na.

'Dan gaan we gewoon lekker sushi bestellen, hoeven we na het opruimen van deze rotzooi tenminste niet af te wassen.'

Thea keek Mirjam aan en glimlachte.

'Zal ik vanavond je haar invlechten, dan word je morgen wakker met een kop vol krullen.'

De volgende dag was iedereen de catastrofe in de keuken alweer vergeten. Na een grondige schrob- en boensessie leek het alsof de puinhoop van de avond ervoor nooit had plaatsgevonden.

Het was weekend en een aantal bewoners mocht naar huis, dit was een manier om te bekijken of ze zich in het dagelijks leven staande konden houden.

Felix stond voor het raam met een sporttas over zijn schouder en zijn walkman op. Hij hield nauwlettend de oprit in de gaten, in afwachting van zijn oudere broer. Bij zijn ouders verblijven was geen optie en hij had niet, zoals Thea, een eigen plek om naartoe te gaan.

'Het is al vijf over tien, hij is te laat, dat vind ik vervelend.'

Verdeeld over de banken zaten de andere bewoners rustig koffie te drinken, Fenna droeg de My Little Pony-pyjama die Thea een paar dagen daarvoor van haar geleend had, niemand zei er iets over. Naast Bea en Bertram zat er een nieuw gezicht op de bank. Hij deed de sfeer in huis bepaald geen goed.

Tijdens het ontbijt was er ineens een man binnengekomen, hij had zich voorgesteld als 'dokter Rozema' en was de gezinstherapeut. Gezien de huidige groepsindeling leek dat een tikje overbodig.

Tenslotte was er bij Thea weinig sprake meer van een gezinssituatie, en dat gold ook voor Mirjam en Felix. Voor Quintin was dat een heel ander verhaal. Hij had thuis een familie die op hem wachtte, althans, dat hoopte hij. Door de komst van dokter Rozema ging er een dikke streep door zijn plannen en werd hij onverwacht getrakteerd op een binnenweekend in 'het huis'.

'Ter voorbereiding op de sessie met je hele familie ga ik dit weekend eerst een tweetal gesprekken met je voeren.'

Quintin probeerde koortsachtig te bedenken hoe hij onder de sessie met zijn familie uit kon komen. Een gesprek met dokter Gijsbrandt aanvragen zou een eerste stap zijn, maar eigenlijk vond hij dat een ongeïnteresseerde lul. Dokter Rozema had een dun snorretje en zijn haar was met gel in een strakke scheiding geplakt. Hij mocht enkel praten en geen medicijnen voorschrijven. Een groter contrast met dokter Gijsbrandt was niet mogelijk, die deed niets liever dan heel veel medicijnen voorschrijven, weinig praten en vooral veel schrijven in de dossiers van zijn patiënten. Tijdens de therapiesessies keek hij je niet aan, tenzij het over de, door hem, voorgeschreven medicijnen ging. Alles wat je daarover aan hem vertelde schreef hij nauwkeurig op, waarbij hij 'zo, zo dat is interessant voor mijn onderzoek' mompelde. Helaas voor hem was dokter Gijsbrandt de enige die een therapiesessie met het gezin kon voorkomen. Als hij daarvoor een uurtje proefkonijn moest zijn, dan was dat maar zo.

'Wat een lekkere koffie, wie heeft die zo voortreffelijk gezet?'

Dokter Rozema probeerde de ijzige stilte te doorbreken door het luchtig te houden. Frank stak zijn hand op en kreeg een vriendelijk knikje.

'Nazisnor, plakzak!'

Reinout stond direct op en liep met de hand voor zijn mond de kamer uit.

‘Daar is mijn broer!’

Felix rende, zonder gedag te zeggen, naar de voordeur en rukte deze open.

‘Mag ik in de auto een leuk muziekje opzetten?’

Hij schreeuwde het over de parkeerplaats, de achtergebleven bewoners en de groepsleiding konden hem woord voor woord verstaan.

‘Aangezien ik niet weg mag, ga ik maar naar mijn kamer.’

Quintin stond op en liep naar boven. Hij plofte op zijn bed en drukte op het play-knopje van de kleine Akai radio-cd-speler. De hoge synthesizer-tonen van Bon Jovi vulden de kamer. Het nummer heette *Runaway* en ging over een meisje dat wegloopt van huis. Op zijn rug liggend zong Quintin het nummer woord voor woord mee, en bij de gitaarsolo bespeelde hij zijn luchtgitaar of zijn leven ervan afhing. Ineens veerde hij overeind, niet vanwege de climax in Jon Bon Jovi’s stem, maar vanwege het piepende geluid dat hij op de overloop hoorde. Van alle deuren was er één die zo piepte, en dat was de deur naar de zolder. De deur van zijn eigen slaapkamer stond op een kier, en bij het om de hoek kijken zag hij nog net het lila nachthemd van Fenna, dat naar de zolder verdween.

Op de enorme zolder lag niks, althans, niets van waarde. Bedden die door de jaren heen stuk gingen, eindigden standaard op de zolder, datzelfde gold voor een hele stapel opgerolde matrassen. Een aantal kasten was gevuld met achtergebleven kleding en in een andere hoek lagen dozen met persoonlijke bezittingen van bewoners. Op de meeste dozen stonden initialen vermeld.

Quintin was zelf al eens op de zolder wezen rondneuzen, in de dozen kijken had hij niet gedurfd. Hij had Erik gevraagd waarom de spullen niet waren opgehaald, dat werd hem niet in dank afgenomen

'Wat ben jij een vervelend, nieuwsgierig mannetje, je hebt daar niets te zoeken!'

Hoewel uit Eriks toon duidelijk op te maken viel dat hij geen zin had in dit gesprek, bleef hij doorvragen.

'Dat is misschien wel zo, maar van wie zijn die spullen dan? Ik zag een compleet alfabet aan initialen voorbijkomen, J.W, L.P, T.C. en zo kan ik wel even doorgaan.'

Erik zuchtte diep, maar had door dat Quintin zich niet zo eenvoudig weg liet sturen. Het bleek dat in sommige gevallen de persoonlijke bezittingen alvast naar het huis waren verzonden, maar de nodige hulp te laat kwam. Er waren ook situaties waarbij de bewoners al in het huis woonden en tijdens hun verblijf een einde aan hun leven hadden gemaakt. Het verbaasde Quintin dat de dozen nooit waren opgehaald. wellicht was dat omdat de nabestaanden te veel verdriet hadden, of omdat er niemand meer was om zich om de spullen te bekommeren.

Fenna was nergens te bekennen, Quintin loerde door het trapgat, maar kon het lila van haar nachthemd nergens ontdekken. Rechts van de trapleuning zat een lichtknopje en bij het indrukken zag hij direct waar hij haar kon vinden. Het openstaande raam naar het dak was de enige aanwijzing die hij nodig had. Voorzichtig liep hij naar voren en keek om het hoekje. Daar zat Fenna, haar benen bungelden over de brede dakgoot, waarbij haar knieholten precies in de rand van het zink vielen, met haar rug zat ze tegen de dakpannen geleund. Haar handen rustten op haar buik en Quintin zag hoe ze geconcentreerd ademhaalde, in door de neus, uit door de mond.

'Niet schrikken... Ik ben het.'

Fenna schrok wel en keek hem met grote ogen aan, haar handen hield ze voor haar mond, precies zoals Reinout deed, met dat verschil dat er bij Fenna geen woord uitkwam.

'Mag ik bij je komen zitten?'

Ze knikte.

Quintin klauterde zonder een spoor van angst naar buiten en plofte naast haar neer.

'Ik heb hier ook al vaker gezeten, geweldig uitzicht.'

Fenna zweeg en daarmee zei ze heel veel.

'Weet je wat zo gek is en ik heb dit opgezocht, de meeste inrichtingen zitten vlakbij hoge bruggen, in bossen en in de buurt van spoorwegovergangen. Alsof al die instellingen willen zeggen: Als je door ons niet geholpen wilt worden, is er nog plan D.'

Fenna keek hem vragend aan.

'De 'D' van de dood.'

Ze knikte instemmend, Quintin ging onverstoorbaar verder.

'Ik denk best vaak aan de dood, of aan doodgaan, beter gezegd. Het is niet dat ik het niet geprobeerd heb, maar blijkbaar was ik er niet aan toe. Ik heb het nog nooit zo hardop tegen iemand durven zeggen, maar van jou weet ik tenminste zeker dat je het niet zal verklappen.'

Quintin grinnikte zachtjes en Fenna glimlachte mee.

'Voor mij is het een oplossing, niet de enige hoor. Het is meer van: als het mij niet lukt om mijn puinhoop op de rails te krijgen, dan kan ik altijd nog een puinhoop van de rails maken.'

Fenna bleef hem vragend aankijken.

'Er is gewoon zoveel gebeurd, en ik weet dat als ik vertel wat mij overkomen is, ze mij hier langer willen houden. Dus volg ik jouw voorbeeld en houd mijn mond, maar dan anders. Ik klink zeker als iemand die in een inrichting hoort te wonen...'

Fenna knikte.

Samen keken ze uit over de grote parkeerplaats. Onder hen zagen ze dokter Rozema samen met Bea door de tuin lopen.

'Nazisnor met plakzak is naar me op zoek.'

Fenna giechelde om Quintin die Reinout imiteerde en bedekte haar mond met haar handen.

'Ik weet wel waarom jij hier bent gaan zitten, ik kan het zien in je ogen... al ken ik je niet zo goed, ik zou je heel erg gaan missen.'

Fenna schoof een stukje dichter bij Quintin. Schouder aan schouder leek ze steun te zoeken én troost te geven.

'Kunnen we iets afspreken? Ik begrijp hoe je je voelt, maar als je op een gegeven moment besluit om weg te gaan, wil je mij dan wel gedag zeggen? Ik beloof je dat ik je dan niet zal tegenhouden of verraden aan de begeleiders.'

Fenna staarde voor zich uit en legde voorzichtig haar hoofd op Quintins schouder, voor hem een teken dat ze zijn verzoek zou nakomen.

De bellen van het in de buurt gelegen treinstation verstoorden de rust. Fenna zuchtte diep en Quintin hield zijn adem in...

OLLIE

'Ik verveel me kapot.'

Frank liep met een chagrijnig gezicht door de binnentuin. In zichzelf praten was iets wat hij vaker deed, het gaf hem rust. Hij keek even bij de kippen en liep vervolgens door naar het gebouwtje dat Joachim van Klaas kapot mocht slaan als hij weer eens een woedeaanval zou krijgen.

De klimop had dwars door het hout gevreten, ironisch genoeg was de begroeiing precies datgene wat de houten constructie overeind hield. Veel moeite zou het niet kosten om de boel tegen de vlakte te slaan.

Hij vroeg zich af wat ooit het doel van het gebouwtje was geweest. Het raampje aan de binnenkant van het huisje was volledig bedekt met spinnenwebben, die het zicht volledig belemmerden. Het groen was zo overvloedig aanwezig dat hij drie keer om het gebouwtje heen moest lopen voor hij de deur wist te ontdekken.

Bij het naar beneden duwen van de deurklink ging de deur een stukje open. Een bedompte lucht drong zijn neus binnen, maar het belemmerde hem niet om zijn schouders tegen de deur te duwen en zijn volle gewicht de rest van het werk te laten doen.

Hij rolde naar binnen en was ineens omringd door het duister. Zo bleef hij even zitten. De stilte en het gevoel van onzichtbaar zijn gaven hem een onverwacht gevoel van veiligheid en rust. Hij baalde dat Klaas Joachim de suggestie had gedaan om zijn boosheid op dit verstopplekje af te reageren. Hij zou natuurlijk kunnen proberen om Joachim ervan te overtuigen dat niet te doen, maar proberen een gesprek te voeren met iemand die het liefst de hele tijd zou willen vechten was wellicht niet het meest handige om te doen.

Na enkele minuten omarmd te zijn door de duisternis, begon hij te wennen aan het gebrek aan licht. De spinnenwebben die de enige lichtbron blokkeerden, fungeerden als een soort vitrage. Het weinige licht dat naar binnen viel kreeg hierdoor een gefilterd effect. Hierdoor leek alles in deze nieuwe gemaskeerde omgeving vol van liefde.

Een paar houten schommels, waarvan de zitting was aangevreten door houtrot, lagen met de jute touwen, waarmee zij vermoedelijk ooit aan een tak hingen, opgerold in de hoek. Tuingereedschap met gebroken stelen lag in een plastic regenton, een bladhark miste meerdere tanden. Een oude opoefiets, waarvan het voorwiel verbogen was, stond tegen de ton geleund. Tuinkussens waren vermoedelijk de veroorzaker van de muffe lucht in het houten gebouwtje. Op verschillende plekken was op de dikke stof witte uitslag zichtbaar, naar alle waarschijnlijkheid een soort schimmel.

Hij schoof zijn handen achter zijn rug om wat comfortabeler te zitten, het was op dat moment dat zijn linkerhand in contact kwam met iets ronds. Zonder te kijken duwde hij een paar keer met zijn pink tegen het object. Nadat het voor de zoveelste keer een zacht ratelend geluid maakte, wist hij wat het was.

Vroeger had hij er zelf ook een. Een gele, gekregen van een buurjongen die er geen zak van kon.

Hijzelf had meer talent voor skateboarden en het duurde niet lang voor hij zich enkel nog voortbewoog op de gele plank met de rode wielen.

Dit skateboard was professioneler dan het skateboard dat hij ooit bezat, meer beschadigd ook.

Het hout aan de onderkant, waar de wielen bevestigd waren, was op verschillende plekken grondig versleten. De vorige eigenaar was er waarschijnlijk vaak mee langs stoepranden en andere obstakels gegleden.

De lagers van de wielen konden wel een drupje olie gebruiken, die draaiden uiterst moeizaam en zorgden voor onnodig veel herrie. De grip aan de bovenkant van het skateboard liet her en der wat los, maar niks wat met wat niet te repareren viel, al was het tijdelijk. Hij liep naar buiten en was de verveling van even daarvoor volledig vergeten.

De bielzen treden bij de keuken waren door de vorming van algen spekglad geworden en hij positioneerde zich in de uiterste hoek van het terras.

Hij nam een korte aanloop, waarbij hij het skateboard aan de voorkant vasthield, om er vervolgens gelijktijdig met beide voeten op te springen. Het reliëf van de grindtegels hobbelde onder het plastic van de wielen door. Het maakte een kabaal van jewelste. Bij het naderen van de treden, sprong hij met skateboard en al door de lucht. Het midden van de plank gleed over de rand van de bielzen, om in het gras abrupt tot stilstand te komen. Hij rolde voor de tweede keer die dag over de grond en hijgde, op zijn rug liggend, na.

'Kan je mij dat leren? Hoe doe je dat door de lucht springen, heeft dat een naam?'

Het was de stem van Joachim die rustiger en vriendelijker klonk dan ooit tevoren.

Frank stond haastig op en legde Joachim rustig uit wat de bedoeling was en hoe hij zijn gewicht het beste kon verdelen. Hij ging zo op in zijn uitleg dat de spiedende ogen vanuit het keukenraam hem volledig waren ontgaan.

Erik was op het lawaai van de ratelende wielen afgekomen. Gestoord in het schrijven van zijn dagrapport keek hij met samengeknepen ogen naar het schouwspel dat zich voor zijn ogen afspeelde. Het plezier stoorde hem enorm, misschien omdat hij zelf in een benauwd kantoor moest werken, of gewoon omdat alles en iedereen al snel ergernis bij hem opwekte.

'Van dat skateboard af.'

Het bevel glipte via de openstaande keukendeur het terras op en veroorzaakte direct een rem op het plezier.

Het was Joachim die op dat moment op de rand van het board stond om te leren hoe hij met plank en al de lucht in kon springen. Hij negeerde Eriks bevel en Frank voelde de paniek in zich opkomen.

'Van dat skateboard af, of ik help je eraf.'

Joachim keek Erik recht in de ogen en stak zijn beide middelvingers omhoog.

'Kom maar op klootzak, ik kan je hebben.'

Van de rust en vriendelijkheid in zijn stem was niets meer over.

De opgestoken vingers werkten als een rode lap op een stier en Erik stormde naar buiten.

Een worsteling volgde, waarbij hij Joachim bij zijn kruis greep en zijn hand zich als een bankschroef sloot. Hij tilde hem van het skateboard af en liep met hem richting de bielzen treden. De gil van Joachim was over het gehele terrein te horen.

'Stop Erik, alsjeblieft, stop!'

De paniek in Franks stem overstemde het gegil en hij probeerde Erik te laten stoppen door hem zo hard mogelijk tegen zijn schouders en borst te duwen. Het werkte... voor heel even.

De worsteling die daarop volgde was hevig en gewelddadig. De vuistslagen raakten vlees en scheurden stukken huid open, het gekraak van Eriks neusbotje ging door merg en been. Het bloed spoot alle kanten op.

'Bertram, dwangbuis!'

Nu was het Erik die gilde. Vechtend voor eigen lijfsbehoud riep hij om hulp. Bertram kwam aangerend, Bea volgde in zijn kielzog, met in haar hand een injectiespuit.

Quintin was op het lawaai afgekomen, hij zag in de deuropening van de keuken een wirwar van armen en benen die in een intens gevecht verwikkeld waren.

'Sla die klootzak op zijn flikker!'

'Quintin, hou je bek, of wil jij voor de tweede keer sinds je hier bent een dwangbuis om!'

Het was Bea die deze keer uit haar slof schoot, met haar mond trok ze het plastic beschermdopje van de naald en liep recht op Frank af. Ze aarzelde niet.

De naald drong diep in zijn bovenarm. Hij vroeg zich af

waarom juist hij degene was die de injectie toegediend kreeg, het was tenslotte Joachim die begonnen was, hij had juist willen helpen door tussenbeide te komen.

Zo onverwacht als het gevecht begonnen was, zo snel stopte het ook. Iedereen stond om hem heen, maar deed vooralsnog niks. Bertram had, met zijn armen gespreid, de dikke katoenen stof van een dwangbuis vast. De gespjes van de leren riempjes weerkaatsten het zonlicht en het maakte hem duizelig. De grindtegels begonnen te vervormen en datzelfde gebeurde met de stem van Bea, ze klonk ver weg, alsof ze in een tunnel stond.

'Rustig aan Frank, het is zo voorbij.'

Bertrams stem klonk nog veel verder weg en dat was gek, want die zag hij, ook al leek alles vertraagd in zijn bewegingen, recht op zich aflopen.

'Alles komt goed.'

Hij hoorde Quintin huilen en schreeuwen dat ze hem los moesten laten, maar zijn smeekbede had geen enkel effect. De stugge mouwen werden over zijn armen getrokken en de leren riempjes op zijn rug werden zo strak mogelijk vastgemaakt. Met zijn armen gekruist over zijn borst kon hij geen kant meer op. Het skateboard zag hij in zijn ooghoek liggen, de grip had, door de sprongen van zo-even, nog verder losgelaten, iets wat hij later zou repareren.

Erik en Bertram grepen hem ruw onder zijn armen en sleepten hem via de grindtegels naar binnen. Bij elke stap voelde hij zich verder wegzakken.

'Ik zorg wel voor je skateboard!'

Frank keek met moeite opzij en zag in een waas hoe Quintin

met het skateboard onder zijn arm de trap oprende. De treden leken wel golven in de zee en hij maakte zich zorgen dat Quintin overspoeld zou worden.

Joachims stem klonk helderder dan die van de anderen, dwingender ook.

'Sorry Frank, het spijt me!'

Frank knikte moeizaam, ten teken dat het oké was.

'Hoe heette die sprong?'

De sleutels die in het slot van de isoleercel werden gedrukt dreunden als kerkklokken in zijn oren en drukte zijn hoofd tegen zijn rechterschouder om het onverwachte lawaai te minimaliseren. Hij werd op een bed gegooid dat aan de muur bevestigd was. De dwangbuis werd losgemaakt en vervangen door leren banden die zijn armen en benen aan het bed fixeerden.

Er volgde een laatste controle door Erik, die ruw aan de banden trok, om zich ervan te overtuigen dat ze goed vast zaten. Het drietal verliet zwijgend de ruimte.

'Frank, die sprong, zeg het me nou, hoe noem je die?'

'Ollie.'

Voor zijn gevoel schreeuwde hij het uit, maar het was niet meer dan gefluister. Vlak voor de deur in het slot viel hoorde hij Joachims stem nog eenmaal roepen.

'Fantastisch Frank, ik vond het fan-tas-tisch!'

MOOI

'Ik neem onze gesprekken op, ik neem aan dat je dat niet erg vindt?'

Dokter Gijsbrandt drukt op het recordknopje van een taperecorder.

'Vertel eens over je zusje...'

Frank masseert zijn polsen, de striemen van de leren banden zijn duidelijk zichtbaar en hij voelt zich verdoofd. Dat is niet zo gek, behalve de injectie om hem te verdoven kreeg hij ook nog zijn standaard medicatie om de nacht goed door te komen. Hij is fysiek aanwezig, maar zijn gedachten zweven overal en nergens, behalve in de praktijkruimte van dokter Gijsbrandt, waar hij op deze maandagochtend zit.

Met zijn schrijfblok op schoot maakt de dokter driftig notities, af en toe zit hij peinzend te knabbelen op het pootje van zijn bril. Frank heeft niets gezegd, en des te opvallender is zijn schrijfdrift. Alle voorgaande vragen werden met een korte knik of schouderophalend beantwoord. Wat viel er nog meer te vertellen dan alles wat niet al in zijn dossier vermeld stond? De ellendige situatie met het skateboard was niets meer dan het zoveelste incident en de zoveelste aantekening.

Uiteindelijk had hij bijna een hele dag in de isoleercel gelegen, het weekend was daardoor voorbijgevlogen en aan aandacht was hij niks tekortgekomen. Quintin was wel vijf keer zijn kamer binnen komen wandelen om te vragen of hij iets nodig had, maar hij was ontzettend moe en kon nauwelijks zijn ogen openhouden. Twee keer was hij wakker geworden om Quintin op een stoel bij het raam te zien zitten, waar hij zat te lezen.

'Wat lees je?'

'Een boek over de oorlog, ga slapen. Je hebt een bek als een pandabeer.'

Hij kon niet anders dan het advies opvolgen.

Thea was na haar weekend in haar ouderlijk huis direct langsgekomen.

'Ik hoorde dat jij het lekker vindt om vastgebonden te worden, had je net zo goed aan mij kunnen vragen, was een stuk minder pijnlijk geweest.'

Frank had haar grinnikend aangekeken en gezegd dat hij het zou onthouden voor de volgende keer. Thea knikte en draaide zich om, maar bedacht zich. Ze liep naar het bed, boog voorover, tikte zachtjes met haar wijsvinger op zijn neus en gaf hem een kus op zijn voorhoofd.

'Lief zijn voor jezelf, oké? Ik ga mijn vader even bellen en vertellen over de domme shit die jij hebt uitgehaald.'

'Haalden jullie wel eens kattenkwaad uit?'

Frank kijkt de dokter onderzoekend aan, nog nooit heeft iemand zo direct naar zijn zusje gevraagd.

'Ze was heel jong toen ze stierf, ik weet er niet zoveel meer van.'

Dokter Gijsbrandt schrijft en stelt zijn vervolgvraag zonder op te kijken van zijn notitieblok.

‘Hoe herinner jij je haar dan?’

Frank hoeft geen moeite te doen om het beeld van zijn zusje op te roepen. In de jaren na haar dood hield haar moeder de herinnering aan haar levend, en dat deed ze op alle mogelijke manieren.

‘Ze was kleiner dan ik, stiller, maar ook liever. Tenminste, dat is wat mijn moeder mij heeft verteld.’

‘Heb jij een herinnering aan haar, een van jezelf, niet door anderen ingegeven?’

Frank beantwoordt de vraag zoals hij gewend is te doen, hij haalt zijn schouders op en staart voor zich uit.

‘Wil je mij vertellen over wat er in het ziekenhuis gebeurde?’

Frank wijst naar de dikke map die bij dokter Gijsbrandt op zijn bureau ligt.

‘Dat heeft u toch al kunnen lezen?’

‘Dat klopt, maar ik zou het zo graag uit jouw mond willen horen, als je het niet erg vindt tenminste.’

Frank dacht terug aan het moment dat het kapje op zijn neus werd gedrukt, met grote ogen had hij zijn moeder aangekeken, die hem met sussende geluiden probeerde te kalmeren. De verpleegkundige deed hem naar adem happen. De slaap die hem overviel voelde niet natuurlijk en hij probeerde zich te verzetten. Hij drukte zijn gezicht zo diep mogelijk in zijn moeders boezem, hij kon haar hartslag duidelijk horen.

‘Rustig lieverd, alles komt goed, je bent mama’s mooie meisje.’

Het knippen van zijn amandelen was een fluitje van een cent, dat hij wakker werd met ontzettende keelpijn was een bijkomstigheid waarvan hij van tevoren op de hoogte was gesteld, dat was ook niet wat hem bezighield.

In de uitslaapkamer van het ziekenhuis was hij vergezeld door vijf andere kindjes. Sommigen zaten rechtop in bed en keken verbaasd om zich heen, anderen huilden en riepen om hun vader of moeder. Frank lag op zijn zij en keek recht in de ogen van een klein meisje.

Ze was van zijn leeftijd, met haar blonde krullen op het spierwitte kussen leek ze nog kleiner dan ze al was. In haar hand hield ze een pop vast. Ze staarden elkaar gedurende een paar minuten aan en glimlachten af en toe.

De pop van het meisje had net zulke krullen en Frank wenste dat hun bedden dichter bij elkaar stonden, zodat hij zijn arm kon strekken om de poppenkrullen met zijn vingertoppen aan te raken. Het blonde meisje leek zijn gedachten te kunnen lezen en haar bleke vingertoppen kriebelden door de haartjes van de pop.

'Zacht, lief...'

Zelfs het fluisteren deed hem pijn. Het meisje knikte hem toe, en hoewel haar mond bewoog, was ze nauwelijks in staat om enig geluid voort te brengen.

Het was de verpleegkundige die hem uiteindelijk voor de tweede keer die dag naar adem deed happen.

'Kijk eens aan, de twee mooiste meisjes van de zaal zijn ook wakker.'

Frank keek om zich heen wie dat andere meisje dan moest zijn. Sinds de dood van zijn zusje had zijn moeder besloten dat lang haar hem heel goed zou staan, maar hij was een jongetje. Dat kon je zien aan zijn pyjama, daar stonden allemaal tractoren en andere landbouwmachines op. Hij trok zijn deken opzij om de zuster te laten zien dat hij echt een jongetje was.

'Nee nee, jongedame, jij moet lekker warm onder de dekens blijven liggen. Kom, laat me je goed onderstoppen.'

Frank kon geen woord uitbrengen, zijn moeder had hem een nachthemd aangetrokken, het was roze en bezaaid met elfjes, waarvan de vleugeltjes alle kleuren van de regenboog vertoonden.

Het meisje met de blonde krullen keek bewonderend naar het kledingstuk.

'Mooi.'

Dokter Gijsbrandt had geen letter geschreven en voor het eerst echt naar hem geluisterd.

'Kreeg je daarna nog vaak meisjeskleding aan?'

'Behalve als mijn vader in de buurt was, die vond dat vreselijk.'

'En jij? Wat vond jij er zelf van?'

'Ik deed vooral mijn moeder een plezier. Ze wilde graag dat ik kleding droeg die mijn zusje anders gedragen zou hebben. Soms zat ik op een stoel, met mijn rug naar haar toe, zodat ze mijn haren kon borstelen of vlechten.'

'Bleef ze dan kleding voor je zusje kopen?'

Frank knikt.

'Wanneer de kinderbijslag kwam, nam ze mij mee uit winkelen. Ik kreeg nieuwe kleding, maar mijn zusje ook.'

'Ik kan mij voorstellen dat je dat best raar vond, werd je niet boos?'

Frank haalt zijn schouders op, hij voelt zich ongemakkelijk worden, bovendien heeft hij hier lang genoeg gezeten, tenminste, dat vindt hij zelf.

'Vind je het gek dat ik mij dat afvraag? Ik kan me voorstellen dat je vrienden op school dure merkkleding kregen, maar omdat je alles met je spookzusje moest delen, was dat voor jou niet weggelegd.'

'Ik wil terug naar mijn kamer, geloof ik.'

'Dat snap ik, het is ook confronterend, wel iets om over na te denken vind je ook niet?'

'Als u dat zegt zal het wel zo zijn, mag ik gaan?'

Dokter Gijsbrandt zit driftig in zijn notitieblok te schrijven en knikt Frank, zonder te kijken, toe dat hij mag gaan.

In de hal naast de deur van het kantoor van de dokter staan drie stoelen tegen de muur opgesteld. Thea ligt languit over alle stoelen en heeft haar benen omhooggestoken. De veters van haar Dr. Martens-schoenen zitten los en bungelen boven haar buik zachtjes heen en weer.

'Hoe was het daarbinnen? Krijg je nieuwe medicatie? Ik krijg de kriebels van die man. Er is geen tiet bij mij te bekennen, maar volgens mij heeft hij geen idee wat voor kleur ogen ik heb.'

'Heel lichtblauw.'

Frank beantwoordt de vraag zonder er echt bij na te denken en loopt door naar boven.

'Erik komt voorlopig niet meer terug, hij neemt een tijdje vakantie.'

Bea valt tijdens het ontbijt direct met de deur in huis.

'Geweldig voor Erik, wanneer mogen wij "een tijdje vakantie"?'

Quintin heeft zijn boterham belegd met sarcasme en is niet van plan om dat onder stoelen of banken te steken. Thea is zojuist de kamer binnengelopen en schuift als laatste aan.

'Wie heeft er vakantie?'

'Erik, die moest er een tijdje tussenuit, zodat hij, na de vakantie, weer volop lekker agressief kan doen.'

'Oké Quintin, zo kan het wel weer, we weten allemaal wat er gebeurd is.'

Bertram doet een poging om de sfeer rustig te houden, maar dat werkt averechts. Er ontstaat een discussie tussen de bewoners en de begeleiding over wat er dat weekend was voorgevallen. Frank houdt zich afzijdig, maar dat gaat niet op voor de anderen. Ze hebben allemaal een mening en die laten ze duidelijk horen.

'Als we dan toch iemand bij zijn ballen mogen grijpen, heb ik nog wel een verzoekje.'

Thea kijkt Felix lachend aan en likt verleidelijk de yoghurt van haar lepeltje.

‘Van mijn ballen blijf je af, lik jij je suf aan je lepeltje.’

Felix’ gezicht kleurt bijna net zo rood als zijn haar, hij neemt een slok melk, om met het glas zijn gezicht voor haar glurende ogen te verbergen.

Van zoveel insinuaties ontploft Reinout bijna achter zijn hand. Met zijn andere hand wijst hij naar boven, ten teken dat hij van tafel wil, Bea schudt van nee en gebaart hem rustig te blijven.

‘Blijf rustig ademen, in door je neus en uit door je mond, je houdt je adem vast en dat is niet goed.’

‘Ik kan mijn adem heel lang inhouden, daar was ik als kind heel erg goed in. Zullen we doen wie dat het langste kan?’

Quintins manier om de boel af te leiden werkt, en al snel zit iedereen met een rood hoofd en bolle wangen aan tafel. Bea geeft als eerste op en daar snapt Quintin niets van. Hij wijst vol verbazing naar Bea’s borsten, met een blik van hoe kan dat nou? Thea slaat haar hand voor haar gezicht bij zoveel domheid en staakt de wedstrijd.

‘Er zit geen zuurstof in haar tieten, dombo! Heb jij überhaupt wel eens een paar borsten vastgepakt?’

Quintin houdt zich wijselijk stil en is volop bezig met de wedstrijd. Datzelfde geldt voor de anderen, maar ze moeten allemaal redelijk snel opgeven.

Frank is als enige concurrent overgebleven en hij is niet van plan om te gaan verliezen. De twee jongens kijken elkaar strak in de ogen waarbij vooral Frank het steeds moeilijker krijgt. Aan Quintin valt weinig te merken, toch blazen ze op exact hetzelfde moment uit.

‘Goed gedaan heren, een minuut en veertien seconden.’

Klaas was ongemerkt de woonkamer in komen lopen en had de tijd nauwkeurig bijgehouden, in zijn hand heeft hij een kop koffie, een sigaar steekt uit de borstzak van zijn colbert.

'Voor jou heb ik trouwens goed nieuws Quintin, ik heb je aardrijkskundetoets terug en je mag heel erg trots op jezelf zijn. Je hebt namelijk een 8,5, goed gedaan kerel. Ik zie jullie allemaal zo in de klas.'

De spanning aan het begin van het ontbijt is verdwenen en iedereen maakt zich klaar voor de schooldag, Felix is als enige aan het treuzelen. Wanneer iedereen weg is klampt hij Bertram aan.

'Ik kan mijn walkman nergens vinden.'

'Hoe bedoel je? Had je hem dit weekend niet mee naar je broer?'

Felix vertelt over zijn weekend en dat ze samen bij hun ouders op bezoek waren geweest.

'Ik denk dat ik hem bij hem in de auto heb laten liggen, hoe moet ik nu deze week een muziekje opzetten?'

'Gewoon, zoals je meestal doet? Op de stereo.

Felix schudt zijn hoofd.

'Ik bedoel als ik alleen ben en niemand mag storen met de muziek.'

Bertram denkt even na en lijkt dan een idee te hebben.

'De trapkast! Daar hebben we een doos met spullen van bezoekers en voormalige bewoners waarvan we niet weten wat van wie was.'

De trapkast zat propvol. Er stonden tientallen paren schoenen, lange jurken, dekbedovertrekken die in de winter gebruikt werden, schoenendozen met brieven van zijn vader, gekregen van een vroegere liefde die niet zijn moeder was en vuilniszakken met kleding die al jaren weggegooid moesten worden. Alles was oud en versleten, maar bij Felix' thuis werd nooit iets bij het vuilnis gezet. De trapkast was, net als de rest van de woning, niets meer dan een opslag voor overtollig veel rotzooi. Felix hield niet van rommel, hij was netjes, toch was de trapkast, buiten zijn eigen slaapkamer, de enige plek waar hij zich in huis prettig voelde.

'Ga hier zitten en dan kom ik je straks halen oké? Kijk, je mag mijn walkman lenen. Ik heb hier twee cassettebandjes voor je, een van jezelf met sprookjes, en een verzamelbandje met top 40 muziek die ik zelf heb opgenomen, dan kan je kiezen.'

Zijn broer had hem onder zijn arm mee naar boven genomen, weg van het lawaai in de woonkamer. De deur naar de slaapkamer van hun ouders stond open en instinctief was de trapkast blijkbaar de veiligste plek voor zijn kleine broertje geweest.

'Ik doe de schuifdeur dicht en dan is het donker, maar daar hoef je niet bang voor te zijn. De duisternis is je vriend, het zal je beschermen en onzichtbaar maken voor alles wat boos en gemeen is. Zet maar een leuk muziekje op.'

De schuifdeur werd bijna volledig dichtgeschoven, een kleine kier met licht zorgde ervoor dat hij de knopjes op de walkman kon onderscheiden.

Beneden vloog er iets met een harde bonk tegen de muur, het kon van alles zijn, zijn moeder, een voorwerp, maar eigenlijk deed het er niet toe. Discussies werden ruzies en die mondden dan weer uit in vechtpartijen. Daarin deed zijn moeder, qua agressie, niet onder voor zijn vader, ook zij sloeg er menigmaal op los. Dat de buurt daarvan mee kon genieten interesseerde hen niks, want de buurtbewoners keken er zelf ook niet meer van op.

Zijn ouders hadden elkaar ontmoet op een feestje, ze hadden niks gemeen en vonden elkaar niet eens aantrekkelijk. Het enige wat hen bond was een joint die die avond rondging, gevolgd door een pilletje en negen maanden later door zijn oudste broer.

Het huwelijk dat volgde had niets met liefde te maken en werd efficiënt en zonder enige vorm van romantiek afgewikkeld op een maandagmorgen in het gemeentehuis. Zijn vader had twee ringen bij de V&D gekocht voor negenenveertig gulden en vijftig cent per stuk. De honderd gulden waarmee hij had afgerekend had hij geleend van zijn moeder, Felix' oma, met de belofte dat hij een tientje per maand zou afbetalen. Na dertig gulden stopte de betalingen en om ruzies te voorkomen deed oma er het zwijgen toe.

Felix kwam vier jaar daarna ter wereld. Aan de geboorte van zijn totstandkoming stonden een pak Aldi-wijn, twee plakken spacecake en een ongeopend pakje condooms. Hij werd vernoemd naar het pak kattenvoer dat in de gootsteenkast stond. Op zijn geboortekaartje stond slechts: 'Felix.' Zelfs de tekst was ontstaan uit een ruzie, omdat zijn ouders het niet eens hadden kunnen worden over de tekst op het geboortekaartje.

'Dan doen we alleen de naam van dat jong.'

Ruzies waren er veelvuldig en ze gingen meestal over dezelfde onderwerpen: geld, gebrek aan aandacht, te veel aandacht in de vorm van jaloezie, de rotzooi in huis en waar de troep nu weer was neergelegd, tot en met de kat genaamd Poffertjes, vanwege de vele ronde vlekjes op zijn lijf, die van zijn moeder altijd in bed moest slapen. Naarmate hij ouder werd, werden de ruzies steeds gewelddadiger.

De eerste keer kwam een agressieve uitbarsting tot een kookpunt tijdens het avondeten. Ze aten patat uit de frituurpan en de Zaanse mayonaise was op. Felix' broer had het laatste restje uitgeknepen, daarvoor had hij de tube vanaf het einde moeten oprollen om er nog iets uit te krijgen. Hij had dit gedaan in de wetenschap dat iedereen al voorzien was, dat bleek een vergissing.

'Godverdomme stelletje egoïsten, en ik dan!'

De vlammende woorden vlogen over de tafel en de beste oplossing zou zijn geweest om allemaal wat van hun eigen mayo op het bord van hun vader te schuiven, dat vond hun moeder onzin.

'Stel je niet zo aan, dan vreet je het zonder mayonaise.'

Het bierflesje dat door de lucht vloog, was het startschot voor een vechtpartij tussen hun vader en moeder. Felix werd door zijn broer bij zijn middel gegrepen, van zijn stoel gesleurd en onmiddellijk mee naar boven genomen. Daar zaten ze te wachten tot het beneden af zou koelen. Dat gebeurde meestal nadat de politie aan de deur stond, gealarmeerd door geschrokken buurtbewoners.

Dit voorval was inmiddels al zoveel ruzies geleden, dat de politie niet eens meer met sirenes de oprit op kwam gereden, heel soms hadden ze de zwaailichten aan.

Door geldgebrek was er van scheiden geen sprake en zongen zijn ouders hun huwelijk uit, waarbij de slechte dagen werden afgewisseld met verdovende middelen.

Felix' broer vertrok op zijn zestiende. Hij stopte met school en ging bij een garagebedrijf werken. Een studio-appartement werd zijn nieuwe thuis en Felix kwam zo vaak langs als hij kon.

Nu zijn broer er niet meer was leken zijn ouders alle remmen los te gooien. Er ging geen dag voorbij dat er niet gescholden, geslagen of met iets gegooid werd.

Soms probeerde hij de ruzies te sussen, dan holde hij naar beneden met een cassettebandje in zijn handen en rende met gespeeld enthousiasme naar de stereotoren.

'Papa, ik heb een nieuw bandje samengesteld, zal ik eens een leuk muziekje opzetten?'

In het begin leek het te werken. Zijn ouders waren zo verbaasd dat ze stopten met schreeuwen. Zijn vader ging dan meestal een sigaretje roken en zijn moeder ging huilend bij Poffertjes op bed liggen.

Het succes van de muzikale afleiding was van korte duur, de verbazing van het eerste uur maakte al snel plaats voor ergernis, die met enorme scheldkanonnades de ether in werden geslingerd.

'Rot op Felix, ga naar je broer desnoods, maar verdwijn uit onze ogen.'

Hoewel Felix nooit geslagen werd, was er van liefde weinig sprake. Hoe ouder hij werd, hoe meer hij aan zijn lot werd overgelaten. Zijn huiswerk maakte hij het liefst in de trapkast. Met de schuifdeur op een kier had hij net genoeg licht om zijn opdrachten te maken. Op zijn hoofd droeg hij inmiddels zijn eigen koptelefoon, de bijbehorende walkman lag op schoot.

Een cadeau van zijn broer, die dat van zijn eerste salaris voor hem had gekocht. Felix was er dolgelukkig mee en droeg het apparaat de hele dag bij zich. Soms zette hij de koptelefoon op zijn hoofd, maar stond de muziek niet eens aan, het was zijn manier om niet deel te hoeven nemen aan het dagelijks leven.

Met de komst van de cd-speler opende zich een nieuwe wereld voor hem. Het geluid was zo helder en je kon met een druk op de knop naar het volgende liedje gaan, hij vond het magisch.

In het naburige dorp was een elektronicazaak genaamd Expert. Hij kwam er wekelijks om cd'tjes te draaien en te dromen van de dag dat hij zelf genoeg geld zou hebben om een cd-speler te kopen. Met een krantenwijk als bijbaan schoot het niet heel erg op en hij zocht naar andere manieren om geld te verdienen.

Een daarvan was het verkopen van de drugs van zijn ouders. Wanneer zijn vader en moeder volledig in coma lagen na het blowen, pikte hij de overgebleven wiet en hasj. Om niet betrapt te worden deed hij de inhoud van de plastic zakjes in de envelopjes waarin de thee van zijn moeder zat.

Als zijn ouders dan de volgende ochtend wakker werden lagen de lege zakjes op het nachtkastje of ergens in bed.

De daaropvolgende ruzie ging over wie van de twee er zoveel gerookt had. Felix stond dan inmiddels al op een straathoek en verkocht de meest exclusieve thee die er te krijgen viel.

Het geld dat hij verdiende, verstopte hij op de plek waar zijn ouders nooit zouden zoeken: de trapkast.

Het ging goed met zijn handeltje, hij leverde kwaliteit, weliswaar ver onder de marktprijs, maar hij verkocht zo regelmatig dat het niet lang duurde eer hij zijn eigen radio met cd-speler kon kopen. Omdat er nooit op hem gelet werd, kon hij zijn ouders wijsmaken het geld bij elkaar gespaard te hebben door 's morgens een krantenwijk te lopen. Ze reageerden nauwelijks en waren vooral bezig met het verwerken van een kater en het ontwijken van elkaars gezelschap.

De ochtend van de aanschaf had Felix zijn kamer grondig opgeruimd en alles in gereedheid gebracht voor de aanschaf van zijn grote trots... de Sony CFD-68. Een cd/radio-cassettespeler met stereogeluid. Hij had zijn bureau vrijgemaakt, omdat de muziek vanaf die plek het beste tot zijn recht zou komen. Het eerste bandje dat hij die dag draaide was van de Dire Straits, het album heette *Communiqué* en het klonk nog mooier dan hij had durven dromen. De dag vloog voorbij en hij kon met de volumeknop het geschreeuw van zijn ouders zonder enige moeite overstemmen. Toch knaagde er iets aan hem. Het geluid van de bandjes was mooi, maar het verbleekte bij het geluid van een cd'tje.

Er waren meerdere artiesten wiens muziek hij op cd zou willen beluisteren en een vlugge rekensom leerde dat hij twee keer de drugs van zijn ouders zou moeten stelen om alle albums te kunnen kopen die momenteel zo hoog op zijn verlanglijstje stonden. Zijn hebberigheid maakte hem slordig en op de avond van de derde diefstal vergat hij de plastic zakjes terug op de kamer van zijn ouders te leggen.

De volgende dag had hij aan zijn vader gevraagd of hij de gereedschapskist mocht pakken.

'Zolang je de troep maar teruglegt.'

Het norse antwoord had totaal geen effect op Felix, hij zou immers drie cd's kopen en daarmee een begin maken met het aanleggen van een grote collectie. Een schroevendraaier was dan ook nodig om een plankje voor de toekomstige cd'tjes op te hangen. Nadat het klusje geklaard was ging hij naar de winkel.

Zijn vader was geen enorme klusser, maar als hij geld kon besparen dan deed hij iets liever zelf dan dat hij er iemand voor moest laten komen. Dat zou immers betekenen dat er minder geld voor zijn verslaving over zou blijven. Op het moment dat Felix in de winkel zijn definitieve keuze bepaalde, liet de deurklink in de woonkamer voor de zoveelste keer los. Na een eerdere vechtpartij, waarbij zijn vader een duw van zijn moeder had gekregen en met zijn volle gewicht tegen de deur was gevallen, was het hang- en sluitwerk dusdanig beschadigd dat je met regelmaat de helft van de deurklink in je hand had. Zijn vader was het zat en dook de gereedschapskist in op zoek naar 'kleine kutschroefjes' en de schroevendraaier. Met een gebalde vuist vol schroefjes beende hij de trap op naar Felix' kamer.

Felix zette zijn fiets in de garage en liep via de achterdeur de keuken binnen. In zijn hand had hij een plastic tasje met drie cd's.

'Felix, godverdomme, kutjong!'

Zijn vaders geschreeuw was door het hele huis te horen en Felix wist direct dat het foute boel was. Hij rende de trap op naar zijn slaapkamer en zag zijn vader in de deuropening staan, schroevendraaier in zijn linkerhand, twee plastic zakjes in zijn rechter.

Bij het zoeken naar het stuk gereedschap had zijn vader de laatjes van zijn bureau opengetrokken. Daar lagen, keurig netjes, naast elkaar de twee lege plastic zakjes.

Zijn vader probeerde te verwerken wat hij zag. Zijn blik bleef op de gloednieuwe Sony CFD-68 rusten. Het plankje voor de cd's hing al klaar en het raadsel van de keer op keer verdwenen drugs en de gloednieuwe muziekapparatuur was ineens opgelost.

'Klootzakje, dus jij denkt van je eigen vader te kunnen jatten? Hier komen jij!'

Felix dook onder zijn vaders armen door de slaapkamer in, hij probeerde de deur dicht te trappen, maar zijn vader gooide zijn schouder ertegen en beukte zichzelf terug de kamer in.

Het zou de eerste keer zijn dat Felix geslagen werd. Zijn vader drukte zijn vingers in het witte vlees van Felix' nek tot zijn knokkels rood zagen van de inspanning en schudde hem daarbij wild heen en weer.

'Auw, je doet me pijn!'

'Ik zal jou eens laten voelen wat pijn is.'

Een vuistslag volgde, en nog een. Bloed stroomde uit Felix' neus over zijn handen en het tasje met de cd's dat hij nog steeds vasthield.

'Laat me los!'

Maar zijn vader liet niet los, hij leek met het verstrijken van iedere seconde steeds razender te worden. Zijn woede koelen op Felix leek geen zin te hebben, hoewel elke klap een voltreffer was, leek het hem niet meer te raken, hij keek weg en onderging zijn afstraffing gelaten.

Straks is het voorbij en dat ga ik een leuk muziekje opzetten.

Zijn vader leek zijn gedachten gelezen te hebben. Hij stopte abrupt met schudden en slaan.

Felix voelde de punt van de schroevendraaier onder zijn kin, zijn vader draaide het handvat langzaam heen en weer.

'Ik zal jou een lesje leren dat je nooit zal vergeten!'

Een harde duw tegen Felix zijn borst zorgde ervoor dat hij achterover op zijn bed viel.

Het tasje glipte uit zijn handen en viel op de grond.

Het gekraak van de hoesjes onder de schoenen van zijn vader raakte hem harder dan de klappen die hij even daarvoor had gekregen.

Hij dacht dat het voorbij was, zijn vader draaide zich om en liep naar de deur, de schroevendraaier had hij nog steeds in zijn hand. Hij keek Felix aan en begon ineens te lachen.

Om een cd'tje te kunnen draaien in de Sony CFD-68, moest je op een knopje op drukken waardoor een klepje aan de bovenkant openging.

De hoeveelheid kracht die zijn vader gebruikte moest enorm geweest zijn.

De schroevendraaier was dwars door het harde plastic geramd, de laser van de cd-speler werd door de punt van het stuk gereedschap doorboord en Felix' grote trots was al vernietigd voor hij er ook maar een seconde van had kunnen genieten. Hij duwde zijn vader aan de kant, greep zijn walkman van zijn hoofdkussen en vluchtte de kamer uit, naar de enige plek die hij kon bedenken.

Verscholen in de trapkast drukte hij op het Play-knopje en duwde de kussentjes van zijn koptelefoon zo hard hij kon tegen zijn oren. Dat zijn handen de oranje stoffen beschermhoesjes met bloed besmeurden had hij niet door. De muziek moest zo diep mogelijk in zijn brein doordringen.

Na de afstraffing werd de sfeer er thuis niet beter op, Felix werd genegeerd en volledig aan zijn lot overgelaten. Uiteindelijk zocht hij zelf hulp door zijn verhaal aan de eigenaar van de elektronicazaak te vertellen. Die schakelde de huisarts in en via deze weg kwam Felix in contact met dokter Gijsbrandt. Hij zou de uitzondering op de regel worden en de enige bewoner in het huis zijn die zich vrijwillig had laten opnemen. Hij kon weg wanneer hij wilde, maar weigerde. Het grote huis was simpelweg het enige thuis dat hij kende.

'Heb je iets gevonden, zodat je een muziekje kan opzetten?'

Bertram tikt Felix op zijn schouder die op dat moment in een schoenendoos aan het rommelen is, in zijn hand heeft hij een roestige schroevendraaier.

'Jammer genoeg niet, mag ik mijn broer bellen om te vragen of hij hem komt brengen?'

Bertram knikt: 'Voor deze keer, maar daar gaan we geen gewoonte van maken hoor.'

Felix rent opgelucht naar de telefoon.

Als het lunchtijd is rent hij zo snel mogelijk uit het schoolgebouwtje naar het grote huis. Op de eettafel ligt zijn walkman met een briefje van zijn broer.

'*Sukkel, volgende keer houd ik hem voor mijzelf, x*'

Het leven in het huis verliep in betrekkelijke rust. De nieuwe bewoners waren zich gaan voegen naar de regels en de aanpassingen volgden als vanzelf. De onderlinge plagerijtjes hielden hen scherp en zelfs die vormden een onderdeel van de dagelijkse routine. De dagen werden weken en met het verstrijken van de tijd vormden zich vriendschappen en herstelden, in sommige gevallen, oude wonden of was er ruimte om de confrontatie met weggestopt verdriet aan te gaan. Frank lag goed in de groep en samen met Quintin vormde hij een duo dat zich continu in de nesten werkte met relatief onschuldige streken, waarbij vooral Klaas en Bea het moesten ontgelden.

Zo stapte Klaas op een dag het klaslokaal in, om te ontdekken dat de kippen een nieuw onderkomen hadden gekregen. De jongens zaten met rode hoofden van de spanning achter het kippenhok verstopt en gierden het uit toen Klaas het hele pand bij elkaar schreeuwde en het binnen in het schoolgebouwtje een gekakel en gefladder van jewelste was. Woest trok hij de buitendeur open en stond op de trap om zich heen te kijken waar de daders uithingen.

Terwijl de kippen hem om de oren vlogen, zag hij Quintin en Frank in de bosjes zitten. Het resulteerde in een wilde achtervolging waarbij hij hen uiteindelijk wist te vangen en aan Bertram overdroeg. Ze zouden voor straf een week lang alle corveediensten moeten draaien, Fenna vond twee weken later nog een ei in een doos met boeken en legde die vol verbazing op Klaas' bureau.

'Is weer eens wat anders dan een appel voor de meester.'

Quintin kon zijn grote mond niet houden en kreeg een dubbel corvee aan zijn broek.

Bea werd ook niet gespaard. Zij zag haar fiets na een nachtdienst in de vlaggenmast hangen, iets dat de jongens meer moeite had gekost dan ze zelf hadden verwacht. Omdat ze het in het donker moesten doen, had het geresulteerd in een blauw oog voor Frank.

'Dit was echt een stom idee.'

Het touw waarmee normaal gesproken de vlag, maar nu de fiets van Bea omhoog werd gehesen, was sterk genoeg, maar omdat het zo dun was glipte het steeds uit hun handen en moesten ze alle zeilen bijzetten om samen de fiets naar boven te trekken. Frank vond het op voorhand al een slecht plan, maar had zich, zoals meestal bij dit soort dwaze grappen, laten overhalen door Quintin.

'Het is hartstikke stom, maar als het lukt is het geniaal! Iets minder zeiken en iets meer je best doen.'

Tot twee keer toe moesten ze opnieuw beginnen, waarbij de tweede keer de fiets met een rotgang vanaf twee meter hoogte naar beneden kwam. Quintin probeerde de fiets bij de bagagedrager op te vangen en dat lukte, hij had alleen het vallende gewicht totaal verkeerd ingeschat en zijn elleboog was vol in Franks oog terechtgekomen. Bij het ontbijt zaten de twee jongens giechelend naast elkaar, dit tot irritatie van Bea.

'Wat is er met jou gebeurd en waarom zitten jullie zo dom te lachen?'

Op haar eerste vraag zou ze nooit antwoord krijgen en op de tweede vraag kwam Bertram het verlossende woord brengen. Hij kwam de woonkamer binnen, jas aan en met de fietssleutel in zijn hand. Hij had moeite om de juiste woorden te vinden en stond stotterend naar buiten te wijzen.

'Zit jij nu ook al zo raar te doen, wat is er met jullie vanochtend?'

'Sorry Bea, ik heb veel gezien sinds ik hier werk, maar hier snap ik niets van.'

Iedereen volgde hem richting de voordeur, waarbij Bea haar handen voor haar mond sloeg, de andere bewoners in lachen uitbarstten en Bertram nog steeds niet kon geloven wat hij zag.

Quintin en Frank lieten uiteindelijk de fiets met veel moeite zakken. Reinout sprong daarbij in het gelid en salueerde naar 'de vlag der gekken' waarbij hij vol overgave het Wilhelmus inzette, dat hij na iedere zin 'De koningin heeft tietjes' schreeuwde, weerhield de andere bewoners niet om mee te zingen.

Het zou het een van Reinouts laatste uitspattingen zijn. Hij zat zo veel mogelijk op zijn kamer, was vaak verdrietig en de angst om nooit op een normale manier te kunnen functioneren was groot. Daarbij kwam dat hij heel graag een meisje zou ontmoeten, maar doodsbang was om afgewezen te worden. De honkbalknuppel van Klaas stond nog steeds naast de kast en Joachim had gelukkig geen behoefte gehad om het vervallen gebouwtje onder handen te nemen, daar was vooral Frank heel gelukkig mee. Het 'Boshuisje' zoals hij het was gaan noemen, werd een plek waar hij zich vaak terugtrok wanneer hij zijn ouders miste. Er waren al heel wat gesprekken met dokter Gijsbrandt geweest en het einde daarvan leek niet in zicht. Hij kreeg soms het gevoel dat de dokter een boek over hem aan schrijven was. Ook Fenna onttrok zich aan de groep, meer dan anders. Ze glipte dan via het raam op de zolder naar het dak, waar ze uren kon mijmeren over de dood. Soms kwam Quintin bij haar zitten, dat deed hij vooral om te voorkomen dat ze er stiekem tussenuit zou knijpen.

'Zit je er weer? We gaan zo eten, vis met sla en aardappeltjes uit de oven. We hebben ijs toe, ziekenhuis-ijs helaas en dat is niet te vreten, daarvoor zou je inderdaad van het dak willen springen. Ik begrijp daar niets van, al het eten dat we krijgen is hartstikke goed, maar de maker van het ijs zouden ze in de gevangenis moeten flikkeren en de sleutel weggooien. Kom, pak mijn hand, gaan we samen alvast naar beneden.'

Fenna moest keer op keer glimlachen om zijn spraakwaterval, zijn bedoeling was haar duidelijk. Het zou het slechts uitstel van het onvermijdelijke zijn; dat was iets wat ze allebei diep van binnen wisten.

Eriks vakantie werd met twee weken verlengd, hij zou uiteindelijk niet meer terugkomen. Hij solliciteerde bij de penitentiaire inrichting 'De Marwei' in Leeuwarden. Volgens Bea werd hij na het eerste gesprek al aangenomen en afscheid van het huis en zijn bewoners zou hij nooit nemen. Niemand leek hem te missen, zelfs zijn oud-collega's noemden zijn naam nooit meer. Zijn vervanger heette Guus, een boom van een kerel met een hart van goud, wiens stem zich nooit verhief.

Volgens Quintin brandde bij Guus het licht wel, maar was er niemand thuis: 'Ik denk dat er geen gedachte schuilgaat in dat brein van hem, die ogen zijn vlakker dan Thea's tieten.'

Frank rolde na die opmerking over de grond van het lachen, Reinout was daarna ouderwets op dreef en had het de rest van de avond over 'tietjes' en 'lekkende tepels'. Guus kwam met de koffiekar binnen en vroeg waarom de jongens zoveel plezier hadden, de uitleg bleef wijselijk uit. Zijn enorme lijf kwam vooral van pas om Joachims woede-uitbarstingen onder controle te kunnen krijgen. Zijn grote handen hielden hem in bedwang en in sommige gevallen zat hij boven op hem, zelfs op die momenten bleef zijn stem kalm.

'Joachim, er is ruimte voor boosheid, niet voor agressie. We willen je niet vastbinden en opsluiten, maar dan moet je een beetje meewerken oké?'

Wonderlijk genoeg leek het te werken en was er van echte agressie niet echt meer sprake. De boosheid bleef echter. Joachim was doorgaans onzichtbaar, maar als hij van zich liet horen, was zijn frustratie groot en de onmacht hem vaak bijna te veel. Dat dit alles tot een climax zou komen was onvermijdelijk.

Ondanks dat sommige regels inmiddels de gewoonste zaak van de wereld waren, werden ze niet minder vervelend. De medicatie die voor het slapengaan werd uitgedeeld riep vooral bij Frank en een aantal andere bewoners weerstand op. Erover discussiëren had geen zin en dus werden er andere manieren verzonnen om zich ervan te ontdoen. Fenna's manier, om kort van tevoren veel thee te drinken en daarna je vingers in je strot te proppen, kon op veel weerzin rekenen, maar bleek het meest effectief. Joachim, Frank en Reinout volgden met regelmaat haar voorbeeld of namen in sommige gevallen zelfs het voortouw. Joachim leek het meest baat te hebben bij een slapeloze nacht, voornamelijk omdat er dan niemand was om zich aan te ergeren en hij zijn onrustige gedachten de vrije loop kon laten zonder gestoord te worden.

Deze avond is dat niet anders. Hij loopt op kousenvoeten te ijsberen als een van de slaapkamerdeuren opengaat.

'En wie hebben we daar?'

'Laat me met rust Thea, of ik stamp je met deur en al terug je kamer in.'

Thea lijkt totaal niet onder de indruk van Joachims dreigement en bekijkt hem van top tot teen.

'Wat ben jij een ontzettend driftig mannetje, ik heb wiet, word je rustig van.'

Ze draait zich om en loopt haar slaapkamer in. De deur houdt ze open en Joachim loert aarzelend naar binnen. De geur van wierook prikt in zijn neusgaten, Thea zit op haar bed en legt de laatste hand aan een joint.

'Ik blow alleen als een van de mannelijke begeleiders nachtdienst heeft, die mogen namelijk niet zomaar binnenkomen, doe die deur dicht en ga zitten.'

Joachim zit op de rand van het bed en heeft zijn vuisten gebald. Thea legt haar hand op zijn knie en houdt hem de joint voor zijn neus.

'Ontspan nou eens man, er kan je niks gebeuren, hier ben je veilig, dat beloof ik.'

Thea neemt een hijs en blaast de rook naar het raam, de wierook doet de rest.

'Jouw beurt, niet te veel ineens, dan ga je hoesten en dan horen ze ons, kleine trekjes.'

Joachim doet wat hem gezegd wordt en voelt hoe wiet via zijn longen, door de rest van zijn lijf en uiteindelijk zijn gedachten lijkt te stromen.

'Hoe kom je hier aan?'

Thea glimlacht.

'Er is een enorme wereld daarbuiten die op mij wacht, heel af en toe neem ik een klein voorproefje daarvan hier mee naar binnen. De vrienden van mijn vader zijn ook mijn vrienden en die hebben dit soort middelen onbeperkt tot hun beschikking, merk je al iets?'

Joachim sluit zijn ogen en laat zich achterover op het bed zakken. De kamer draait, maar niet op een onprettige manier, het heeft meer het gevoel van een draaimolen die heel langzaam gaat. Met elke omwenteling lijkt zijn constante gevoel van razernij te zakken.

'Ze hadden ons over jou en de anderen verteld, dan doen ze altijd met nieuwe bewoners. Naar jou was ik het meest nieuwsgierig.'

'Waarom?'

Thea haalt haar schouders op en gaat naast Joachim liggen, hun voeten rusten op de grond. Om beurten nemen ze een trekje van de joint.

'Ik denk omdat ik wilde weten waarom je zo agressief doet, je bent het namelijk niet.'

'Ik ben gewoon ontzettend boos, om alles wat er misgegaan is en om de dingen waar ik de schuld van heb gekregen, dat zijn de momenten dat ik denk "wat heeft het voor zin".'

Thea kijkt Joachim onderzoekend aan, zijn ogen staan rustig en dat geeft haar voldoende vertrouwen om door te vragen.

'De mensen die voor jou moesten zorgen heb jij gedood toch? Dat is tenminste wat ze ons verteld hebben.'

De rustige oogopslag maakt plaats voor een verdrietige, hij kijkt Thea langdurig aan en zoekt naar de juiste woorden.

Het was een mooie avond en toch was hij woedend. Zolang Joachim zich kon herinneren ervoer hij een constant gevoel van razernij.

Misschien was het toeval, maar zijn voogd was ook altijd boos op de wereld geweest, tot de dag dat hij op straat bekeerd werd door een Jehova's getuige. Voor zijn bekering was hij iemand die veelvuldig dronk, vocht en alles deed wat God verboden had, des te wonderlijker was het dat juist de flyer met de tekst '*Jezus red...*' hem in de armen van zijn Verlosser zou leiden.

'Bent u bekend met Jezus Christus?'

Joachims voogd stond met een kater op de straathoek te wachten tot de sigarenboer zijn winkel zou openen. Met samengeknepen ogen van de koppijn en minachting keek hij naar de flyer die in zijn handen gedrukt werd.

'Ben jij bekend met de juiste spelling van de zin: '*Jezus redt?*'

Zelfs na een nacht vol drank ging hij een confrontatie niet uit de weg. De evangelist was een jongeman in een donkergrijs pak. Op zijn borst prijkte een zwart speldje, waarop met witte letters *Ebenezer Salemons* stond gedrukt.

'Dat is niet bepaald een naam die je lekker uitschreeuwt in bed, maar dat is vast ook niet de bedoeling. Hoe dan ook, ik ben de verkeerde man om te willen bekeren.'

'Of de juiste man, die niet om hulp durft te vragen.'

Dat ene zinnetje bleek een voltreffer, de voogd van Joachim ging op een bankje het gesprek aan. Niet uit boosheid, irritatie of morbide nieuwsgierigheid, maar vanwege de stille hoop dat er meer in het leven moest zijn dan zijn onverklaarbare boosheid.

Hij vond God, of God vond hem... het zou het eerste onderwerp van gesprek zijn tussen hem en de liefde van zijn leven, die hij in de kerk van de jongeman zou ontmoeten. God zou bepalend worden in zijn leven en naastenliefde was een logisch gevolg. Hij nam een weeskind in huis, de boosheid in het jongetje herkende hij van vroeger, maar hij had een rotsvast vertrouwen dat God een bedoeling had gehad om deze jongen op zijn pad te brengen. Dat er spullen in huis sneuvelden was iets wat ze ingecalculeerd hadden. Hoe vaak had hij, in de jaren voor God zijn leven sturing gaf, niet zijn vuisten in plaats van de Bijbel het woord laten voeren.

De transistorradio in zijn slaapkamer schalde keihard Iggy Pops *Lust for life* uit de boxen, Joachim sprong door de lucht, sloeg tegen de muren en liet de ironie van het nummer tot zich doordringen. Tenslotte was het gebrek aan levenslust hetgeen hem nu liet springen. De voornaamste reden dat de radio zo hard aanstond was omdat zijn voogden op de bovenste verdieping van het huis de liefde aan het bedrijven waren. Geneukt werd er sinds de komst van God namelijk niet, gevreeën des te meer. Dat maakte voor de bijkomende geluiden weinig verschil en het feit dat twee mensen zo konden genieten van elkaars samenzijn maakte Joachim razend en dat was de voornaamste reden om het volume zo hoog mogelijk te draaien. Op het hoogtepunt van Iggy's 'lust' tilde hij de radio boven zijn hoofd en sloeg hem stuk op het dressoir. De muziek stopte en het gekreun in de nabijheid van God ook. Voetstappen snelden de trap af, de slaapkamerdeur zwaaide open en de twee paar ogen keken elkaar aan. De ene boos, de ander teleurgesteld.

'Dat was een gift van de kerk, jongen.'

Zijn voogd liep hoofdschuddend naar beneden en kwam terug met een enorme gereedschapskist.

'Grote doos.'

'Houd je vieze woordgrapjes voor je en kijk of je de boel kan repareren.'

Een vlugge inspectie, gevolgd door instructie van zijn voogd wees hem op de losgeschoten draden van de boxen.

'Die moet je sowieso solderen, als je hulp nodig hebt, hoor ik het wel.'

Joachim bleef achter en boven kreeg de liefde een herstart. Het maakte hem woedend.

'Godverdetyfus, kutneuken boven, kloteradio beneden!'

Zijn gescheld leek niet tot het plafond door te dringen en hij probeerde zijn concentratie op de reparatie te richten. Die leek wonderlijk genoeg te lukken. De draden van de boxen werden zorgvuldig vast gesoldeerd, waarna met nieuwe schroefjes en wat ducttape de plastic componenten weer tot een geheel werden gemaakt. De stekker werd in het stopcontact geduwd en de radio sprong direct op volle sterkte aan. Geschrokken draaide Joachim de volumeknop naar beneden. Hij gooide wat resten ducttape in de prullenbak en trok de stekker van de soldeerbout uit het stopcontact, vervolgens schoof hij de zware gereedschapskist op de tafel.

'Hoe heb je ze vermoord dan?'

'Jezus trut, dat heb ik niet gedaan, het was een ongeluk. Als ik een moord zou hebben gepleegd, dan zat ik hier niet met jou te blowen. Het was een ongeluk. Ik was niet eens in de buurt.'

Joachim veert overeind, Thea's lompe reactie maakt hem boos, maar een nachtelijk tripje isoleercel ziet hij ook niet zitten.

'Sorry, ik bedoelde het niet zo, het kwam er verkeerd uit. Neem een trekje, dan kalmeer je.'

'Ik had niet binnen moeten komen, en dat gelul over het verleden helpt mij niet.'

Thea knikt begrijpend, vooral met het laatste deel van de zin is ze het eens.

'Je hebt gelijk, nogmaals sorry.'

Ze strijkt met haar hand zijn haar uit zijn gezicht en tikt heel zachtjes met haar wijsvinger op zijn neus.

'Ik vind je haar mooi, mijn vader had ook mooi haar.'

Joachim kan zich niet herinneren wanneer hij voor het laatst heeft moeten lachen, maar Thea weet met haar opmerking een glimlach bij hem te ontlokken.

'Blowen doet je goed! Kijk jou nou eens glimlachen, daar kan geen antidepressivum tegenop.'

Joachim slaat zijn hand voor zijn mond om niet in lachen uit te barsten en lijkt daar zelf van te schrikken.

'Ik wist wel dat jij diep van binnen heel lief bent, maar ik begrijp waarom je vaak zo boos doet.'

Joachim knikt.

'Heb jij een doodswens?'

'Waarom denk je dat?'

'Omdat je bereid bent om te vechten, je boosheid heeft zoveel agressie in zich en dat, om met dokter Gijsbrandt te spreken, heeft iets zelfdestructiefs.'

Joachims glimlach is verdwenen, hij kijkt Thea nog verdrietiger aan dan even daarvoor.

'De enige in dit huis die een doodswens heeft is Fenna, ik voel juist het tegenovergestelde, ik wil niets liever dan leven, een leven hebben... Daarom vecht ik, meestal in de letterlijke zin van het woord, omdat ik niet weet hoe ik anders moet overleven.'

Thea is gaan liggen en staart naar het plafond, haar hand rust op Joachims been.

'Blijf je bij me vannacht?'

'Nee.'

'Waarom niet?'

'Omdat ik je lief vind.'

'Wat zijn we aan het doen?'

Zelfs in slaapdronken toestand had Quintin een belerend toontje, iets wat bij Joachim sowieso al ergernis opwekte, maar in het holst van de nacht was het al helemaal niet te doen.

Hij had zo zijn best gedaan om geen lawaai te maken en was op de tenen van zijn kousenvoeten de kamer van zijn huisgenoot ingeslopen. Quintins ijdelheid kwam hem goed van pas. In de ochtend was hij minimaal een half uur bezig met zijn haar. Wanneer het meneer dan eindelijk naar de zin zat, ging er een halve bus haarlak in om de boel in bedwang te houden, en die bus was juist wat Joachim nodig had. Hoewel het gesprek met Thea op goede voet was geëindigd, voelde hij een enorme woede opborrelen. Zijn medebewoners dachten dat hij een moordenaar was. Hij had niet eens meer de behoefte gevoeld om haar uit te leggen dat het niets meer dan een stomme samenloop van omstandigheden was geweest. Volgens de brandweer was de soldeerbout door het plaatsen van de gereedschapskist verschoven en in de prullenbak gevallen, iets wat Joachim niet had opgemerkt omdat hij direct de kamer was uitgelopen om buiten een luchtje te scheppen. De stekker die hij even daarvoor uit het stopcontact had getrokken bleek van de radio en niet van de soldeerbout, de ramp die zich daarna voltrok werd gevoed door de ducttape die vlamvatte.

Deze brand zou geen ongeluk zijn, hij wist precies wat hij moest doen om het huis en al zijn bewoners om te laten komen in een vlammenzee. De enige die daar, buiten hemzelf, geen moeite mee zou hebben was Fenna, tenslotte was mijmeren over de dood haar grootste hobby.

Een klasgenoot op de middelbare school, Rudy, deed niks liever dan rottigheid uithalen en experimenteren met allerhande objecten. Zo had hij ooit uit dun plaatmetaal Ninja-sterren gefabriceerd en testte de doeltreffendheid van die krengen door ze naar iedereen te gooien die zijn kant opkeek. Joachim kon wegduiken, maar een van zijn klasgenoten mocht op de eerstehulppost ervaren hoeveel hechtingen ervoor nodig waren om de boel weer te laten functioneren. Omdat Rudy daarna strak in de gaten werd gehouden, zocht hij naar andere manieren om zijn 'creativiteit' te ontplooien. Op een middag stond hij in het fietsenhok, in zijn ene hand hield hij een Zippo-aansteker omhoog en in zijn andere hand een bus haarlak.

'Wil je wat leuks zien?'

Hij wachtte het antwoord niet af, liet de aansteker ontbranden en spoot de haarlak richting het vlammetje. Er ontstond direct een soort vlammenwerper die een enorme steekvlam produceerde. Zadels smolten, fietstassen begonnen te roken en de handvatten brachten door het gesmolten rubber een geweldige stank voort. Dat het Rudy aan elke vorm van intelligentie ontbrak bleek toen hij wilde 'zien' hoe ver de steekvlam kon komen. Om dit wetenschappelijk experiment zo accuraat mogelijk uit te voeren hield hij de Zippo op een armlengte bij zijn gezicht vandaan, met zijn andere arm richtte hij de bus haarlak op het vlammetje. Dat hij zijn hoofd enigszins uit de koers van de steekvlam hield was slechts een detail.

Joachim stond op een afstandje toe te kijken hoe Rudy de helft van zijn gezicht in de fik stak. Zijn haar vatte vlam en nadat hij het experiment abrupt staakte, omdat hij zijn handen nodig had om de vlammen uit te slaan, was het resultaat een haardracht waarvan de pony halverwege zijn hoofd begon en gedurende anderhalve maand zou hij tijdens de gymlessen continu last hebben van zweet in zijn ogen, waarmee het nut van wimpers en wenkbrauwen gelijk bewezen was.

Joachim was nooit op het idee gekomen, als Rudy het hem niet had voorgedaan. Het feit dat Quintin net wakker was geworden maakte de situatie onnodig ingewikkeld.

Hij grijpt de bus haarlak en stuift naar de rand van het bed. Quintin probeert overeind te komen, het is de voet van Joachim die hem op zijn borst terug in de kussens duwt.

'Liggen en bek houden!'

'Waar ben jij mee bezig man? Doe normaal!'

Joachim tilt voor een kort moment zijn voet op alsof hij lijkt te beseffen wat hij doet.

'Ik wist dat je niet goed snik was, maar je bent nu echt van het pad...'

Een harde vuistslag raakt Quintin vol op zijn kaak, de zin afmaken lukt niet. Hij is duizelig en heeft het gevoel dat het matras hem opvreet, zo diep voelt hij zich wegzakken. Joachims stem klinkt ver weg en vanuit zijn ooghoek ziet hij hem rare dansbewegingen door de kamer maken, althans, zo lijkt het. Hij sist Quintin toe dat 'alles in vieren komt' en dat het niet zijn schuld was, wanneer hij uit het niets een enorme vlam weet te produceren. Het lijkt wel een onderdeel van een David Copperfield-show.

Quintin weet zichzelf overeind te hijsen, hij hapt naar adem. Joachim lijkt geen oog voor hem te hebben en danst als een bezeten duivel door de kamer, waarbij het vuur in de bus haarlak een onuitputtelijke bron van hitte lijkt te hebben gevonden. De steekvlammen schieten in het rond en de vurige tongen raken de hoeken van een poster van Led Zeppelin die op de kastdeur hangt. Het papier vat vlam, begint te krullen, de *Stairway to Heaven* verpulvert tot as en landt op de grond.

'Stop daarmee!'

Quintin is doodsbang voor vuur en is door de adrenaline in één keer bij zijn positieven. Hij hapt naar adem en kan niets anders doen dan wijzen. Joachim trekt zich er niets van aan en grijpt naar een stoel. Hij klimt er bovenop en schudt met de spuitbus om te kijken hoeveel er nog in zit. Dan richt hij voor een laatste maal zijn aansteker naar het plafond en houdt de bus in de aanslag.

De steekvlam lijkt groter dan de voorgaande, Joachim slaakt een oerkreet. En dan begint het ineens te regenen, het komt met bakken naar beneden. Het sprinklersysteem is door de hitte aangesprongen. Dat is het moment dat Quintin naar voren springt. Als een rugbyspeler duikt hij op Joachim, die met zijn hoofd op de grond terechtkomt. Een vuistslag volgt en het water vermengt zich met het bloed dat uit Joachims neus spuit. De andere bewoners komen geschrokken op het lawaai af en verdringen zich in de deuropening. Bij het zien van de bewusteloze Joachim en diens bebloede gezicht beginnen ze om hulp te gillen.

Quintin zit bovenop Joachim en heeft met zijn handen de kraag van zijn T-shirt vast.

'Stommerd, waarom deed je dat nou?'

Hij blijft Joachim, die langzaam bijkomt, heen en weer schudden.

Het gedreun op de treden van de trap is afkomstig van Guus. Als een stoomlocomotief komt hij naar boven gestormd en beukt de bewoners zonder pardon aan de kant. Hij heeft als enige nachtdienst en er is voor zijn gebruikelijke rust en subtiliteit geen ruimte. Vragen worden niet gesteld en hij gaat louter af op wat hij ziet. Dat Quintin in snikken is uitgebarsten doet niks af aan het feit dat Joachim zwaar toegetakeld en half bewusteloos in zijn armen ligt.

'Hier jij!'

'Het was niet mijn schuld, echt niet! Alsjeblieft Guus, ik wil niet.'

De naald dringt diep in Quintins bovenarm, hij kijkt, huilt en klampt zich vast aan Guus' schouder.

'Ik was het niet...'

Het kalmeringsmiddel lijkt direct zijn werk te doen en Guus houdt Quintin als een klein kind in zijn armen wanneer hij met hem de kamer uitloopt. Het is gestopt met regenen. Quintin ziet de tl-verlichting flikkeren door de kortsluiting die met het water is ontstaan. Als een lappenpop wordt hij over Guus' schouder gegooid als deze de deur van de isoleercel openmaakt.

Guus legt Quintin op het bed, en hoewel hij bijna bewusteloos is, blijft hij zich vastklampen.

'Wil je me alsjeblieft niet vastmaken...?'

Guus aarzelt, de protocollen zijn heel duidelijk dat een patiënt in de isoleercel te allen tijde vastgemaakt moet worden. Hij kijkt naar Quintins gezicht, de ogen zijn gesloten en zijn mondhoeken hangen naar beneden. Dat laatste is best wonderlijk voor een gezicht dat meestal zo zijn best doet om iedereen aan het lachen te maken. Bij terugkomst ziet hij de andere bewoners met handdoeken en dweilen in de weer om de kamer droog te maken. Het bed wordt afgehaald en verschoond, waarbij het natte matras wordt omgeruild met een matras op een bed van een ongebruikte kamer.

Het is vroeg in de ochtend als Thea geschuifel op de gang hoort. Ze opent zachtjes haar deur en gluurt om het hoekje. Guus loopt met Quintin in zijn armen door de hal, met de armen slap langs het lichaam is het een eng gezicht.

'Wat ben jij aan het doen? Hij is half bewusteloos.'

Guus schrikt zich een ongeluk en laat Quintin bijna vallen.

'Jezus Thea, praat niet zo hard, niet iedereen hoeft het te horen. We weten allemaal wat er gisteravond gebeurd is en hoe de vork in de steel zit. Ik probeer te voorkomen dat hij een aantekening in zijn dossier krijgt, en leg hem terug in zijn bed voordat Bertram en Bea komen werken, help me liever zijn kamerdeur te openen.'

Thea doet wat van haar gevraagd wordt. Ze loopt rechtstreeks naar Quintins bed en schuift de dekens opzij. Guus legt hem in bed, waarbij Quintin langzaam wakker lijkt te worden.

'Als je al wist dat het niet zijn schuld was, waarom ramde je gister dan die spuit in zijn arm?'

'Het ging allemaal zo snel, ik volgde gewoon het protocol: *Bij geweld, de agressor zo snel mogelijk neutraliseren.*' Hij dreunt de tekst uit het handboek van het personeel als een robot op.

'En nu? Wij gaan niks zeggen, maar denk je niet dat Bea vragen gaat stellen? Die heeft alles direct door.'

'Dat is mijn probleem, zorg jij dat hij rustig wakker wordt en druk hem op het hart zijn mond te houden.'

Beneden gaat de voordeur open en Guus loopt zo snel hij kan naar beneden. Frank, wakker geworden van het rumoer op de overloop, loopt hem zwijgend voorbij en steekt aarzelend zijn neus om de hoek van Quintins kamer.

'Is hij oké?'

Thea zit op de rand van zijn bed en wrijft het haar uit zijn gezicht.

'Wat denk je zelf?'

Quintin knippert met zijn ogen en draait zijn hoofd richting de stemmen in zijn slaapkamer.

Hij kan zich niet eens herinneren dat hij naar zijn kamer is gebracht en kijkt verbaasd om zich heen.

'Het was niet mijn schuld...'

'Dat weten we, inmiddels heeft de groepsleiding uitgevogeld hoe het zit, maar ja, Guus is nieuw en die eh... nou ja, die deed maar wat.'

Frank staat in de deuropening, in zijn hand heeft hij een boek, hij wappert ermee in de lucht.

‘*Oorlog zonder vrienden*... Voorlezen?’

Zonder Quintins antwoord af te wachten schuift hij een stoel bij.

‘Is Joachim oké?’

Frank knikt.

‘Koppijn door de val, maar je stompt als een trutje want verder is er niets te zien.’

De jongens glimlachen naar elkaar en Frank slaat het boek open, op zoek naar het juiste hoofdstuk.

‘Ik ga vragen of ik vanmiddag met Bertram of Bea naar de stad mag, zal ik kijken of er een poster van Led Zeppelin te vinden is?’

Quintin kijkt naar de kastdeur en haalt zijn schouders op.

‘Dat is lief, maar ik ben niet van plan om hier nog lang te blijven.’

‘Dan zou ik mij vanaf nu voorbeeldig gaan gedragen en vooral je mond houden over vannacht. Elke aantekening in je dossier is een reden om je langer te houden. Ik kijk of ik iets moois in de stad kan vinden, krijg je dan van mij als cadeautje. Zolang je in dit grafhol zit, moet je er iets van zien te maken.’

Thea buigt zich voorover om met haar wijsvinger op zijn neus te tikken, Quintin draait vlug zijn hoofd weg.

‘Weg met die vinger, geen idee waar je met dat ding hebt gezeten vannacht.’

Thea loopt lachend de kamer uit en Quintin blijft met Frank achter.

‘Zal ik verdergaan in het boek? Arnold ligt in het ziekenhuis nadat hij in elkaar geslagen is. Toepasselijk zullen we maar zeggen.’

Quintin kan slechts knikken, na de korte inspanning van het verdelen van zijn aandacht tussen Frank en Thea voelt hij zijn ogen dichtvallen.

'Ga maar slapen, ik lees gewoon door.'

Franks stem werkt rustgevender dan welke slaapmedicatie dan ook en na enkele zinnen zakt hij al weg.

De dagen na het incident blijft het opmerkelijk rustig, dat valt ook Bea en Bertram op. Begrijpen doen ze het niet. Bea stelt veel vragen, maar niemand laat iets los. Quintin blijft verdere ellende bespaard, doordat Guus zijn belofte houdt en in de rapportage met geen woord over het incident rept.

'Vergeet jij niet dat je vandaag een therapiesessie met je familie hebt?'

Bertram doet de mededeling tussen twee slokken koffie door, Quintin verslikt zich in zijn thee.

'Is dat vandaag?'

Geschrokken kijkt hij Bea's kant op. Door het incident met Joachim was hij vergeten een gesprek met dokter Gijsbrandt aan te vragen en dus zou hij, samen met dokter Rozema, tegenover zijn familie moeten zitten.

'Voor iemand die zich zo voorbeeldig gedraagt lijk je wel heel erg te schrikken, maar om antwoord te geven op je vraag: ja, dat is vandaag, over een half uur om precies te zijn.'

Zichtbaar geïrriteerd schuift Quintin zijn bord weg.

'Nazisnor. Plakzak!'

'Houd je bek Reinout, nu even niet!'

Felix voelt de sfeer omslaan en loert met een schuin oog naar de stereotoren, Bertram is hem voor.

'Felix, ik waarschuw je, één woord over het opzetten van een "gezellig muziekje" en je hebt een dubbele corveedienst aan je broek.'

'Ik zet nooit "gezellige" muziekjes op, alleen "leuke" en ik vroeg niet eens of het mocht.'

Het ontbijt wordt zwijgend voortgezet, tot het voor Quintin tijd is om naar het kantoor te lopen.

Dokter Rozema zit al op hem te wachten.

'Zo jongen, fijn dat je er bent, je familie kan elk moment hier zijn.'

Zijn gedrag was onhoudbaar geworden. Hij sloop in de nacht het huis uit, spijbelde van school, vocht wanneer hij de kans kreeg en met wie maakte hem niet uit. Hij deed alles om de aandacht af te leiden, dat hij daarvoor onuitstaanbaar gedrag moest vertonen was dan maar zo. Niemand mocht achter zijn geheim komen, het zou voor nog meer ellende zorgen. Bovendien kon hij de tijd niet meer terugdraaien, het enige wat hij kon doen was, wat hij de afgelopen maanden al in het huis deed: doen alsof.

'Binnen.'

Er wordt drie keer zacht geklopt.

Geen twijfel mogelijk, dat moet zijn vader zijn. De deur zwaait open en hij moet grinniken om de juistheid van zijn eigen voorspelling.

'Hallo!'

Het enthousiasme in zijn vaders stem is oprecht, net als de knuffel van zijn moeder. Bij zijn broer en zus voelt hij wat meer afstand, dat is ook niet zo gek, ze zitten waarschijnlijk niet te wachten op een therapiesessie met hun lastige broertje. Daar hadden ze in de afgelopen jaren al meer dan genoeg hinder van gehad. Hij kan ze niet eens ongelijk geven. Zijn broer zit in het derde jaar van een pedagogische opleiding. Hij lijkt zelfs enige mate van nieuwsgierigheid te bespeuren, alsof hij dit als een snuffelstage ziet. Hoe anders is de uitdrukking van zijn zus. Zij studeert aan de universiteit en met de richting *Romaanse talen en culturen* heeft zij wel wat beters te doen dan bij een therapiesessie zitten met een totaal onhaalbare doelstelling.

Praten gaat hij niet en aan de onderzoekende blik van zijn zus te zien heeft zij die conclusie ook al getrokken.

'Wat fijn dat jullie er allemaal zijn, ik wil jullie graag wat beter leren kennen, zodat we kunnen kijken hoe we Quintin op het juiste spoor in het leven en bij zijn familie kunnen krijgen. Misschien kunnen jullie vertellen hoe jullie de afgelopen jaren naar hem zijn gaan kijken.'

Het gesprek dat volgt verloopt moeizaam, hoe kan het ook anders, ze hebben geen idee wat er zich in zijn hoofd afspeelt en hij heeft geen enkele behoefte om het te delen, het zou zijn verblijf onnodig verlengen en de situatie met zijn familie op geen enkel vlak verbeteren.

'Quintin, noem jij eens wat positieve aspecten van je ouders en je broer en zus op.'

Deze vraag zag hij niet aankomen. Wat voor nut heeft het om de positieve eigenschappen van zijn familie te benoemen, terwijl hij hier zit omdat zij een karrenvracht aan negatieve herinneringen aan zijn aanwezigheid van de afgelopen jaren hebben?

Hij had in zijn eentje het gezin weten te ontwrichten en gezorgd voor een constante stroom aan negatieve gebeurtenissen. Dat varieerde van diefstallen, waarbij hij klein begon uit de portemonnee van zijn moeder, tot en met vechtpartijen met personen die vele malen sterker waren dan hij.

Gek genoeg kreeg hij pas het gevoel te leven als hij in elkaar geslagen werd. Wanneer hij dan de volgende ochtend zijn kapotgeslagen gezicht in de spiegel bekeek, zag hij zichzelf zoals hij zich van binnen voelde.

Het hoogtepunt van zijn neerwaartse spiraal was het ongeluk in de kerk.

Net als Fenna wilde hij al jaren dood, niets liever zelfs, maar hoe pak je zoiets aan? Het enige moment dat hij het gevoel had dat het met hem gebeurd kon zijn, was toen hij struikelde. Dommer kan je niet doodgaan, maar als dat je wens is, dan is de uitvoering minder belangrijk. Hij was een weekend bij een klasgenoot uit logeren geweest en zat naast Freek en zijn ouders in de kerk. Een gigantisch gebouw, waarin de mensen niet alleen beneden, maar ook boven konden zitten. Het woord van God deed er dan weliswaar iets langer over om je te bereiken, maar daar stond tegenover dat je fysiek dichter bij Hem in de buurt was. Hijzelf had niet zoveel meer op met God, het geloof en alles wat daarbij hoorde. Niet dat hij twijfelde aan Zijn bestaan, integendeel zelfs. Hij zag Zijn aanwezigheid overal in zijn omgeving, maar Hij deed geen moeite om naar hem om te kijken, dus had hij besloten God te negeren.

Gek genoeg werd daarmee het verlangen om te sterven veel

sterker, misschien zou hij in de dood iets vinden om voor te leven...

Dominee Breen had een vervelende stem, alles wat hij zei klonk alsof het einde der tijden ieder moment zou kunnen naderen en o wee als je niet godvrezend genoeg was. Als hij er goed over nadacht kwam het erop neer dat een diepgewortelde angst voor God je in het hiernamaals zou belonen, maar in het hier en nu een behoorlijk blok aan je been zou kunnen zijn. Het feit dat hij nodig naar het toilet moest, zou hem dan ook niet door God en dominee Breen in dank worden afgenomen. Hij keek opzij naar Freek, die staarde naar de menigte beneden hem. In een uiterste hoek van een van de kerkbanken zat een meisje op wie Freek verliefd was. Ze had geen aandacht voor hem, enkel voor God, althans, op dit moment. Op school was ze verliefd op een andere jongen uit de klas, daar waren alle meisjes verliefd op, dus dat was geen wonder te noemen.

'Ik moet naar de wc.'

Freek keek nauwelijks op, het was ook niet zo dat hij toestemming van hem nodig had, maar met zijn een meter drieëntachtig zaten de benen van zijn klasgenoot hem danig in de weg. Gek hoeveel lawaai je maakt als je zo zachtjes mogelijk probeert te doen. De houten bank leek, net als de vloer, zijn best te doen om zo hard mogelijk te kraken bij de minste bewegingen die hij maakte. Hij had het gevoel of niet alleen God, maar de hele gemeente hem ineens nauwlettend in de gaten hield.

Hij schoof zo snel hij kon uit de rij en haastte zich naar de deur die hem bij het trappenhuis zou brengen.

De grote houten deur deed nog beter dan de vloer zijn best om lawaai te maken en met een rood hoofd van schaamte sloot hij hem achter zich.

Er was niets dan stilte, zelfs de stem van dominee Breen had niets te zoeken in het trappenhuis. Boven aan de trap had hij uitzicht op de kapstokken. De toiletten bevonden zich om de hoek. Hij twijfelde of hij vlug enkele jaszakken zou controleren op waardevolle inhoud. Tenslotte had hij structureel last van geldgebrek en de kerk had de plicht om voor de armen te zorgen. God zou vast een oogje toeknijpen, maar dat deed Hij niet...

De straf voor zijn zondige gedachte volgde onmiddellijk. Zijn rechtervoet stond op de losse veter van zijn linkerschoen, waardoor hij, door eigen toedoen, werd pootje gehaakt.

De term 'zondeval' kwam in de meest letterlijke zin van het woord tot leven en geen hand van God was in de buurt om zijn val te breken.

De trap was breed, maar vooral hoog, zijn val leek uren te duren. Toch was er geen moment van paniek in zijn gedachten, hij schreeuwde niet eens om hulp. Waarom zou hij? Hulp was het laatste wat hij wilde, de dood stond hem onder aan de trap met open armen te verwelkomen, hij hoefde zich enkel over te geven.

De klap tegen de leuning was hard en onaangenaam, zijn hoofd klapte op de reling en leek als een voetbal terug te stuiteren.

Het was donker in de nieuwe wereld, er viel geen God te bekennen en de Duivel, iets waar hij serieus rekening mee had gehouden, was ook nergens te vinden. Praten lukte niet en bewegen leek in zijn nieuwe leefomgeving eveneens niet aan de orde. Gek hoe je kan knipperen met je ogen zonder ze te openen, toch was dat precies wat hij deed. Een rare combinatie van geluiden, die klonken als het afgaan van een wekkerradio die door een drilboor werd uitgezet, drongen tot in de verste uithoek van zijn gedachten binnen. Hij probeerde zijn hoofd op te tillen en ineens was daar een stem.

'Stil blijven liggen, alsjeblieft.'

Hij opende zijn ogen en keek naar het deksel van een doodskist, althans, dat dacht hij. Hoewel hij niet bang was voor de dood, was levend begraven worden weer iets te gortig. Hij probeerde zijn nek op te tillen, maar de ruimte was zo klein en benauwend dat zijn voorhoofd al na enkele centimeters tegen het deksel duwde. Hij begon te schreeuwen om hulp, de mechanische stem, die hem probeerde te kalmeren, bereikte het tegenovergestelde effect. Hoewel hij volledig ingesloten leek te zijn, kwam er ineens beweging in de krappe ruimte. Ze hadden hem gehoord en het deksel werd langzaam omhooggeschoven. De werkelijkheid was dat hij als afbakpizza uit een soort oven werd getrokken, althans, zo voelde het. Hij opende met moeite zijn ogen en zag zijn vader en moeder aan weerszijden van hem staan. Hij lag vastgebonden op een smalle tafel en probeerde de banden rondom zijn polsen los te maken.

'Mama, maak je me los alsjeblieft?'

Ze streek met haar hand over zijn bezwete voorhoofd.

'Je bent van de trap gevallen, je moet even terug de machine in, zodat de dokter goed naar je kan kijken, heel stil blijven liggen hoor.'

Met een klein schokje komt de tafel in beweging, de gedachte dat hij terug in de benauwende ruimte moet maak hem bang. Hij zoekt wanhopig naar enige vorm van geruststelling, maar lijkt die nergens te kunnen vinden. De zuster is met zijn ouders in gesprek, zijn vader klopt hem bemoedigend op zijn knie, dat geeft hem alleen geen troost. Vlak voor zijn hoofd in de tunnel verdwijnt, hoort hij zijn stem.

'Denk maar aan iets leuks, dan is het zo voorbij.'

Iedereen in het kantoor van dokter Rozema kijkt hem vol verwachting aan. Hij heeft enkel oog voor zijn linkerschoen, zijn veter zit los.

'Quintin, waar zit je met je gedachten? Ben je nog bij ons?

'Bedoelt u met "positieve aspecten" iets leuks?

De dokter knikt en Quintin kijkt zijn familieleden onderzoekend aan.

'Met mijn vader reed ik heel vaak op het parkeerterrein van De Groene Ster, daar heeft hij mij leren autorijden.'

Dokter Rozema kijkt vol verbazing naar Quintins vader, die op zijn beurt met opvallend veel belangstelling naar een schilderij op de muur kijkt.

'Juist ja, heel interessant, vertel eens verder...'

'Dat doen we niet meer hoor, niet omdat het niet mag, ik wil gewoon zelf niet meer.'

'Heeft dat een speciale reden?'

Quintin voelt een korte aarzeling, maar hij houdt vast aan zijn oorspronkelijke plan om het huis zo snel mogelijk te kunnen verlaten.

‘Nee hoor, ik vond het gewoon niet meer leuk.’

Om verdere vragen over het onderwerp te vermijden, gaat hij met enthousiasme verder.

‘Met mijn moeder zong ik vroeger tijdens het afwassen, ze heeft een hele mooie stem.’

Dokter Rozema glimlacht.

‘Wat zongen jullie dan?’

Quintin hoeft er geen seconde over na te denken, hij ziet – en hoort – het complete beeld direct voor zich.

‘*De uil zat in de olmen*, kent u dat? Mama weet je nog dat we dat zongen?’

‘Jazeker, in canon...’

Ze staat op het punt om het kinderliedje in te zetten, dokter Rozema kan haar er van weerhouden en ze slikt ‘de uil’ met enige teleurstelling in.

‘Vertel mij eens iets leuks over je zus.’

‘Ze is het slimste van ons allemaal, heeft een hele collectie platen, die mag ik eigenlijk niet draaien, oh en ze kan ook heel erg goed schilderen.’

‘Daar hoefde je niet lang over na te denken, goed om te horen kerel. En je broer, wat kan je mij over hem vertellen?

Quintin kijkt naar zijn broer, die hem tijdens de therapiesessie de hele tijd heeft aangekeken. Onderzoekend, maar niet op een vervelende manier, alsof hij voelt dat er een groter verhaal achter de ogen van zijn broertje schuilgaat dan hij wil toegeven.

Zijn broer heeft een geweldige groep vrienden, die samen de mooiste dingen beleven. Met zijn lange, golvende haar lijkt hij op een rockster, helemaal als hij op zijn muziek wild heen en weer gaat met zijn hoofd. Anderen vinden dat er misschien gek uitzien, maar dat interesseert hem niets. Als hij er zo over nadenkt spreekt dat hem nog wel het meeste aan. Zijn broer is gewoon wie hij is en vindt dat anderen het er maar mee te doen hebben.

'Quintin? Iets positiefs over je broer?'

Dokter Rozema laat hem geen ruimte om zijn gedachten de vrije loop te laten. Hij voelt alle ogen op zich gericht en probeert de juiste woorden te vinden. Er is zoveel aan zijn broer dat hij in stilte bewondert dat hij niet kan kiezen.

'Vind je het moeilijk om iets positiefs over hem te zeggen?'

Dokter Rozema schrijft driftig in zijn kladblok en kijkt hem onderzoekend aan.

'Er is geen goed of fout Quintin, als je niks positiefs kan bedenken is dat niet erg, je hebt het al heel erg goed ged...'

'Ik zou willen dat ik mijn broer was.'

'Jongens, Klaas heeft zich ziekgemeld en dus hebben we voor vandaag besloten het schema om te gooien.'

Zelfs iets eenvoudigs als afwijken van de planning van een doordeweekse dag is voldoende om onrust in de groep te veroorzaken, Bea's mededeling zorgt voor gespannen gezichten bij een aantal bewoners. Felix begint direct zijn cd'tjes op alfabetische volgorde te zetten om rustig te worden. Mirjam, op haar beurt, pakt het zakspiegeltje uit haar broekzak en begint haar gezicht grondig te bestuderen op onvolkomenheden.

Thea kijkt geïrriteerd op: 'Dan gaan we zonder Klaas in het schooltje zitten, hij heeft nou niet bepaald toegevoegde waarde tijdens de lesuren.'

'Thea, ik snap dat je het voorstelt, maar we denken dat het goed voor jullie kan zijn om de dag ook eens een andere invulling te geven. Guus gaat jullie straks eerst naar PMT rijden, bij terugkomst gaan we lunchen en daarna gaan we in de tuin werken.'

Het valt compleet stil. Quintin komt de woonkamer inlopen en kijkt verbaasd om zich heen.

'Wie is er dood?'

'Wij aan het einde van deze dag, ze laten ons in de tuin werken omdat Klaas ziek is, wat een kutdag, ik ga mijn tas pakken.'

Felix haat alles wat fysieke inspanning kost en daarop is in de tuin werken geen uitzondering. Mopperend loopt hij naar boven en moet zich heel erg inhouden om niet expres tegen Bea op te lopen.

'Mirjam, ik denk dat we eerst even koffie moeten drinken, ik heb het al gezet.'

Bea loopt de kamer uit en knikt Quintin toe: 'Hoor ik nog van jou hoe het vanochtend ging?' Ze wacht zijn antwoord niet eens af en loopt weg.

'Oh, shit ja, jij had gezinstherapie, hoe was dat?'

Mirjam stelt hem de vraag terwijl ze koffie inschenkt. Quintin ploft naast Thea op de bank. Hij heeft het gevoel dat hij tijdens de therapiesessie te openhartig is geweest en zijn familie hem daardoor een rare vond. Het afscheid, een knuffel van zijn ouders en een plichtmatige zoen op zijn wang van zijn zus, voelde ongemakkelijk. Zijn broer durfde hij uit schaamte niet eens aan te kijken. Hij kreeg een zacht klopje op zijn schouder, hij hoopte dat het zijn broers manier was om te zeggen: het is oké, zeker weten deed hij dat niet.

'Waar is Frank?'

Het was niets meer dan een afleidingsmanoeuvre, maar het werkte.

'Afhankelijk van zijn bui kan hij overal zitten, ik vermoed boven.'

Felix komt de woonkamer binnen en gooit zijn sporttas op de bank.

'We hebben straks PMT, dus doe mij een kop zwarte koffie, dan kan ik dat slappe gelul van Robert-Jan beter aan.'

Voor het eerst sinds vanochtend moet Quintin grinniken.

‘Dan heb je aan één kop niet genoeg vrees ik.’

Guus komt met de sleutels van de bus in zijn hand binnen.

‘Jongens, we gaan zo vertrekken, pakken jullie je spullen?’

Mirjam schuift het latex van haar horloge en tikt met haar andere handschoenvinger op het ronde glaasje.

‘Nu al? Dan zijn we een half uur te vroeg.’

‘Klopt, voor ik jullie afzet bij het ziekenhuis moet ik deze poststukken afleveren.’

Guus tikt op zijn schoudertas en loopt naar de gang, hij schreeuwt een paar keer Franks naam, maar krijgt geen reactie. De namen van de anderen noemt hij niet eens. Dan wendt hij zich tot de bewoners in de woonkamer.

‘Waar is Frank, of is Joachim ergens aan het klieren en houdt die de boel op?’

Thea zet met een klap haar koffiekop op tafel.

‘Lekker makkelijk Guus, om Joachim de schuld te geven, waarom zouden Fenna of Reinout niet voor oponthoud kunnen zorgen, of Frank zelf wat dat aangaat?’

Guus wordt rood tot achter zijn oren.

‘Thea heeft gelijk Guus, je bent best een beetje een lul, ik ga Frank wel zoeken, of heb je liever dat ik eerst op zoek ga naar Fenna of de anderen? Je zegt het maar hoor, jij bent tenslotte de baas.’

Felix loopt hoofdschuddend de kamer uit en wacht het antwoord van Guus niet eens af.

‘Jullie hebben wel veel kritiek en praatjes, ik doe ook maar mijn best, ik ga vast in de bus zitten en verwacht jullie zo buiten.’

Mopperend loopt hij de kamer uit waarbij Bea hem verbaasd nakijkt.

'Wat hebben jullie met Guus gedaan? Kom op jongens, hij werkt hier nog maar net.'

'Wat een kutsmoes, jij werkt hier ook pas een week of vijf?'

'Zes Quintin, ik werk hier nu zes weken.'

'Als je het zo precies bijhoudt heb je het vast enorm naar je zin bij ons. Alleen de patiënten weten precies hoe lang ze hier zitten, word je een van ons Bea? Dan mag je compleet jezelf zijn, op voorwaarde dat je elke avond je pilletjes inneemt.'

Bea schudt haar hoofd en kijkt Quintin streng aan: 'Wat ben jij soms een lul, je was de afgelopen tijd op de goede weg, zullen we dat voor de verandering eens vast proberen te houden.'

'Wie zijn "we" precies? Jij mag volgens mij elke dag naar huis, wij moeten hier blijven, wie bedoel jij als je zegt "laten 'we' dat proberen vast te houden"?'

De overige bewoners kijken Bea inmiddels ook vragend aan.

'Ja Bea, wie bedoel je nou eigenlijk?'

Thea probeert het vuurtje wat verder op te stoken, maar op dat moment komt Felix binnen.

'Ik heb Frank gevonden hoor, die had de deur naar de zolder ontdekt, vandaar dat hij Guus zijn geschreeuw niet hoorde, gek word ik af en toe van dat stel.'

Mirjam trekt haar handschoenen uit en loopt naar boven om haar tas te pakken. De anderen volgen haar voorbeeld en niet veel later zit iedereen in de bus.

De rit verloopt stilletjes, bij het drukke kruispunt maakt niemand aanstalten om 'tong-uit-je-bek-tijd' te beginnen, de sfeer is bedrukt. Niemand heeft zin in PMT op de vroege ochtend en het vooruitzicht om in de tuin te moeten zwoegen ziet geen van de bewoners zitten.

'Jongens, ik parkeer de bus en ren naar de overkant om de post weg te brengen.'

Guus haast zich de bus uit en slaat de deur met een klap dicht.

'Jezus, wat een kutdag, ik zou wel wat leuks willen doen.'

Thea's opmerking krijgt bijval in de vorm van instemmend geknik en goedkeurend gemompel.

'Quintin, wil jij de radio aanzetten? Misschien is er een leuk muziekje op.'

Felix' klassieke manier om de bedrukte stemming wat op te fleuren wordt deze keer niet de kop ingedrukt. Quintin zit voor in de bus en gaat op de bestuurdersplek zitten, Guus heeft de sleutel in het contact laten zitten en Quintin draait hem een kwartslag om. Het geluid van de radio vult de bus en datzelfde geldt voor de meningen, variërend van: 'kutnummer' tot 'Jezus, geen Paul de Leeuw'. Pas wanneer de doffe bas van 2 Unlimited door de bus knalt lijkt iedereen tevreden. Thea zingt de vocalen van Anita Doth perfect mee en Reinout doet zijn best op de rapstukjes. Waar hij de woorden niet kent vervangt hij ze door iets smerigs, wat bij de rest op veel gelach kan rekenen. Bij de laatste tonen van het nummer is de sfeer in de bus vrolijk en ontspannen.

'Hebben we iets te vreten? Ik verrek van de honger.'

Frank wijst demonstratief op zijn buik ten teken dat het voedertijd is. Quintin trekt het dashboardkastje open om te zien of daar iets te vinden is. Zijn hand tikt tegen de binnenkant van de plastic behuizing tot hij een vierkant doosje voelt.

'Is er wat eetbaars te vinden?'

Frank is naar voren gelopen en trommelt ongeduldig met zijn vingers op de hoofdsteun van de bestuurdersstoel. Quintin draait zich om en kijkt met samengeknepen ogen eerst Frank en vervolgens de andere bewoners aan. Hij opent het doosje en haalt er een sigaar uit. Hij drukt de strak gerolde tabaksbladeren in zijn mond en steekt ze aan met de aansteker die ook in het sigarenkistje zit. De bus vult zich met rook, en dan is daar ineens die snauwende stem.

'Nee Frank, wat jij mag doen is gaan zitten en je mond houden.'

Voor een moment is het stil, en dan barst iedereen in lachen uit. De complimenten zijn niet van de lucht: 'Het is precies de stem van Erik!' 'Hoe flik je hem dat? Je kijkt zelfs met die enge blik van hem. Laat hem eens zeggen dat hij een scheetje heeft gelaten.'

De verzoekjes vliegen door de bus, maar voor hij ze kan inwilligen wordt er op het raam geklopt. Hij zet de radio uit en draait het raam naar beneden, de sigarenrook zoekt direct een vluchtweg naar buiten. Aan de andere kant van het portier wordt twee keer gekucht, er staat een agent naast de auto.

'Meneer, u mag hier niet staan, kunt u de bus verplaatsen alstublieft?'

Voor de tweede keer valt het stil in de bus. Of het door de sigarenrook komt, of omdat de politieman gewoon niet oplet is niet duidelijk, maar hij lijkt te denken dat Quintin oud genoeg is om de bus te besturen.

'Ja, tuurlijk, geen probleem.'

Door nog een trekje van de sigaar te nemen blijft Quintin perfect in de rol van Erik, hij knikt de agent toe en draait het raampje omhoog. Zonder aarzelen draait hij de sleutel om tot de motor aanspringt. De bus trilt, Fenna smoort een gilletje achter haar hand, Thea springt overeind om naar voren te rennen.

'Iedereen zitten en kalm blijven, ik weet wat ik doe.'

Zelfverzekerd zet hij de bus in zijn eerste versnelling en laat de koppeling opkomen. In gedachten zit hij naast zijn vader die hem vertelt dat er geen verschil zit tussen het rijden in een grote of een kleine auto, je moet de motor aanvoelen en weten wat het voertuig van je vraagt. De wielen zetten zich in beweging. Het gezicht van de politieman knikt goedkeurend en hij steekt zijn hand omhoog ten teken dat het veilig is om te vertrekken. Quintin trapt de koppeling in en schakelt moeiteloos naar de tweede versnelling. De bus versnelt en in plaats van een parkeerplaats te zoeken rijdt hij met al zijn medebewoners weg.

'Jezus, Quintin, wat flik jij nou?'

Er klinkt paniek in Thea's stem.

'Jullie wilden toch wat leuks doen? Dit is onze kans, dus, of ik parkeer hem en we gaan ons laten afbeulen tijdens PMT en vanmiddag in de tuin, of...'

Quintin wijst naar de weg die voor hen ligt. Het blijft stil. Via de achteruitkijkspiegel zoekt hij oogcontact met elke bewoner, niemand lijkt te protesteren. Hij schakelt naar de derde versnelling en drukt het gaspedaal in.

'Zou je een leuk muziekje willen opzetten?'

Quintin knikt Felix via de spiegel toe en draait aan de knoppen van de radio.

‘Deze is leuk!’

Golden Earring’s *Radar Love* vult de bus en Felix zingt hard mee.

‘Waar gaan we naartoe?’

Frank vraagt het op het moment dat Quintin besluit om de afslag te nemen.

‘Verrassing...’

'We zijn er...'

Quintin parkeert na een half uurtje rijden de bus aan de voet van een kleine haven. Vissersbootjes dobberen op het ritme van de golfslag heen en weer. Een veerboot is in de verte zichtbaar, het is niet goed te zien of hij aankomt, of zojuist vertrokken is.

'Waar zijn we dan?'

Mirjam stelt de vraag en drukt gelijktijdig haar neus tegen het raam. Haar adem zorgt voor een waas, die ze met haar latex handschoen wegveegt.

'Lauwersoog, hier ging ik als kind vaak heen met mijn ouders.'

'Ik hou niet van water.'

'Felix, jij houdt nergens van behalve "leuke muziekjes", als je wil mag je in de bus blijven zitten, wij gaan hoe dan ook lekkerbekjes eten en met onze blote voeten in het water staan.'

Iedereen lijkt het een goed idee te vinden en zelfs Felix stapt de bus uit.

'Oké jongens, wie heeft er geld bij zich?' Thea ziet de bui al hangen en stelt de vraag tegen beter weten in. Bijna niemand heeft geld bij zich, Frank tovert een vijfguldenmunt uit zijn broekzak. Felix ontwijkt opzichtig de blikken van de anderen.

'Jezus Felix, doe niet zo gierig, we betalen je terug als we thuis zijn. Voorschieten of we laten Joachim op je los.' Quintin zegt het met een lachend gezicht, zijn blik spreekt boekdelen en mopperend trekt Felix twee briefjes van tien uit zijn broekzak.

'Ik wil jullie deel tot op de laatste cent terug hoor, anders vertel ik het aan Bea.'

'Wat denk je dat ze erger vindt, dat we twee tientjes van je stelen, of dat we een complete bus hebben gejat? Kom mee en zeik niet zo.'

Vlakbij de haven staat vishandel Sterkenburg. De man achter de kassa kijkt verbaasd op als er zich ineens allemaal jongelui voor zijn kassa melden.

'En wat mag ik voor jullie betekenen?'

Iedereen begint direct zijn bestelling te schreeuwen, de kibbeling, lekkerbekjes en broodjes haring vliegen hem om de oren.

'Niet allemaal tegelijk! Ik versta er niks van, jullie krijgen allemaal te eten, maar netjes om en om bestellen.'

'De vis stinkt naar kut!'

Thea grijpt Reinout bij zijn nek en legt hem met haar hand voor zijn mond het zwijgen op.

'Let niet op hem hoor, hij heeft geen idee hoe dat ruikt, mag ik een broodje haring alstublieft, met ui en zonder augurk en ik denk dat schreeuwlelijk hier wel blij wordt van een portie kibbeling.'

Reinout knikt, en wanneer de anderen hun bestellingen hebben doorgegeven zoeken ze een plekje op het bankje voor de winkel met uitzicht op de haven.

De eigenaar van de viszaak komt al snel met twee dienbladen vol geurende vis aangelopen.

'Kutvis!'

'Ja Reinout, ga nou maar eten, dan kan je ook niks zeggen.' Thea schuift hem zijn bakje kibbeling toe en uitgehongerd begint hij, net als de rest, te eten.

Wanneer alle plastic bakjes en bordjes leeg zijn, staren ze een tijdlang voor zich uit. Hoewel het water waar ze naar turen een meer is, noemen de mensen uit de omgeving het nog steeds de Lauwerszee, zoals het heette voordat het in 1969 werd afgesloten. Het klotsende geluid van het water lijkt op iedereen een kalmerend effect te hebben.

Het is Mirjam die de stilte doorbreekt: 'We zullen gigantisch op onze sodemieter krijgen als we thuiskomen.' Van de zenuwen bijt ze op het latex van haar handschoenen.

Quintin legt geruststellend zijn hand op haar knie, de klodder remouladesaus van zijn lekkerbekje die erop zit lijkt ze niet erg te vinden. 'Ze hebben niet genoeg dwangbuizen om ons allemaal te straffen, bovendien heb ík de bus meegenomen en zaten jullie er toevallig in.'

Hij zegt het niet met zoveel woorden, maar het is iedereen duidelijk dat hij de schuld op zich zal nemen en op de een of andere manier stelt dat gerust.

Mirjam, opgelucht: 'Gaan we dan nu met onze voeten in het water staan?'

'Goed idee!' Frank staat op en pakt haar bij de hand, de anderen volgen.

Een hele rij schoenen, gevuld met sokpropjes, staat aan de waterkant. Dankzij het goede voorbeeld van Thea, staan ze met opgerolde broekspijpen tot halverwege hun kuiten in het water.

'Tering wat is dit koud!' Felix kijkt naar zijn witte voeten, die door de golfslag keer op keer lijken te vervormen.

'Stil nou, laten we hier gewoon van genieten. We gaan, of Quintin de schuld op zich neemt of niet, gigantisch op onze flikker krijgen.'

De irritatie en angst in Thea's stem zijn niet te missen, iedereen beseft dat ze gelijk heeft. De gevolgen van dit uitstapje konden wel eens groter zijn dan ze zich nu voor kunnen stellen en dus is het beter om van elke seconde te genieten.

'Ik stamp iedereen ongelukkig die iemand van jullie probeert pijn te doen, hoor!' Joachim pakt een steentje van de bodem en probeert het over het water te laten stuiteren.

'Jeetje Joachim, dat is denk ik het liefste wat ik je in de afgelopen anderhalve maand heb horen zeggen, laat me je knuffelen.' Quintin loopt met gestrekte armen op Joachim af, die rent zo snel hij kan met hoog opgetrokken knieën het water uit.

De anderen moeten lachen en voor het eerst lacht Joachim mee.

'Krijg nou wat, hij heeft gewoon een glimlach, ik wist wel dat je ons mocht!'

'Als we thuis zijn mag jij een cd'tje van mij draaien'

Felix schreeuwt het uit van blijdschap en steekt zijn vuisten juichend in de lucht.

'Jullie zijn stuk voor stuk knettergek, maar tegelijkertijd meer familie dan ik ooit heb gehad.'

'Dan blijf jij nu staan waar je staat en komen wij naar je toe.' Thea loopt het water uit en de anderen volgen, ze staan in een kring om Joachim heen en slaan hun armen om elkaar heen.

'We zijn ook familie, geen dwangbuis of gedwongen injectie

die daar iets tegen kan doen.'

'Dat zeg je goed, Mirjam, dat is precies zoals het is.' Quintin knikt haar bemoedigend toe terwijl hij met zijn hand zachtjes in Joachims schouder knijpt.

'Ik had de verkeerde stekker uit het stopcontact getrokken, het was een ongeluk, jullie moeten me geloven. Ik wil niemand pijn doen.'

De tranen stromen over zijn wangen. Niemand zegt iets, Joachim voelt dat ze hem geloven en dat zorgt ervoor dat zijn verdriet langzaam wegzakt.

'Ik woon vrijwillig in het huis.'

'Ja Felix, dat weten we, nou en?'

Thea kijkt hem vragend aan.

'Mij kunnen ze niet straffen door mij langer te houden, ik wil niet weg, het is mijn enige thuis. Ik heb een idee! Quintin, kom, jij moet me helpen.'

Felix grijpt zijn schoenen en sokken en rent naar de bus.

'Ik zweer het, als hij in de bus een muziekje gaat opzetten, doe ik hem wat.' Quintin loopt mopperend achter hem aan en de anderen volgen langzaam.

Thea trekt haar sokken en schoenen aan en kijkt uit over het water.

'Joachim, Frank, Reinout, gaan jullie ook mee?'

Fenna drukt haar tenen in het zand aan de kustlijn.

'Fenna...?'

Ze kijkt op en pakt de uitgestoken hand van Thea vast.

'Vind je het hier zo fijn, lieverd?

Fenna glimlacht, haar gezicht is nat van de tranen die even

daarvoor over haar wangen stroomden.

'Dus dit zijn tranen van geluk?'

Thea veegt met de toppen van haar vingers Fenna's gezicht droog. Fenna knikt en legt haar hoofd op Thea's schouder.

'Mooi zo, die zie ik graag. Kom maar mee, dan gaan we opwarmen in de bus en aanhoren wat voor idioot idee Felix bedacht heeft om ons uit de problemen te krijgen.'

Ze lopen samen richting de bus, waar ze Felix achter het stuur van de bus zien zitten, Quintin staat over hem heen geleund.

'... en dan laat je met je linkervoet de koppeling opkomen, dan voel je dat de bus zelf al een stukje naar voren wil en dan geef je wat gas bij. Echt waar Felix, elke debiel kan dit. Tot zover de theorie, stukje rijden?'

Felix knikt en draait het contactslot om.

'Is dit het plan? Onze huis-DJ in dertig seconden leren autorijden? Felix, je maakt een grapje, hoop ik? Dat Quintin zonder rijbewijs achter het stuur is gekropen is één ding, maar hij kán tenminste rijden.'

'Luister Thea, ik denk echt dat het onze enige kans is, en mocht het een troost zijn, Hij vindt het zelf ook een achterlijk idee.'

Quintin knikt en haalt gelijktijdig zijn schouders op.

'Hij wil dit per se en eerlijk is eerlijk, dit verwachten ze nooit.'

'Precies! Dus laten we niet te veel tijd verspillen. Hoe minder jullie weten, des te verbaasder jullie blik en des te geloofwaardiger het overkomt.'

Zittend op het bankje bij de vishandel kijken ze toe hoe Felix langzaam rondjes rijdt met Quintin als zijn rijinstructeur.

Na een kwartiertje stopt de bus voor de anderen. Felix doet de deur open en schreeuwt dat ze kunnen vertrekken. Quintin zit weer achter het stuur en gek genoeg is dat voor de anderen al een normale aanblik.

De rit naar het huis verloopt rustig en iedereen lijkt na te genieten van de bijzondere middag. De radio blijft uit en zelfs Felix klaagt daar niet over. Een kilometer voor hun eindbestemming zet Quintin de bus aan de kant, hij draait zich om naar Felix.

'Weet je het zeker, je weet wat ze met je gaan doen als ze je te pakken krijgen?'

Felix knikt. 'Ik ben er klaar voor, ik vond het fantastisch vandaag, met jullie allemaal.'

De twee jongens wisselen van plek en Felix haalt diep adem. 'Oké, daar gaan we dan!'

Hij doet precies wat Quintin hem geleerd heeft en laat de koppeling rustig opkomen. De bus komt in beweging en de laatste meters rijdt Felix de bus geconcentreerd naar het huis. Zweet druppelt via zijn voorhoofd langs de brug van zijn neus naar beneden. Wanneer ze de oprit naderen zien ze twee politieauto's langs de kant van de weg staan.

'Oké Felix, precies zoals ik je gezegd heb. Terugschakelen naar de tweede versnelling, vol gas en dan op de oprit van het terrein op de rem stampen. Goed vasthouden, jongens... daar gaan we.'

Felix doet precies wat hem gevraagd wordt, hij neemt de scherpe bocht perfect en twee agenten moeten aan de kant springen als de bus het terrein op stuitert. De motor maakt een enorm gierend geluid, waardoor de bus veel sneller lijkt te gaan dan in werkelijkheid.

Felix ramt zijn voet zo hard als hij kan op het rempedaal en de bus komt met een schok tot stilstand, zijn medebewoners worden wild door elkaar geschud.

Quintin krijgt het zelfs voor elkaar om met zijn neus op de hoofdsteun van de stoel voor hem te landen, het bloed spuit er direct uit. Tijd om daarover na te denken krijgt hij niet, Felix rukt de deur open en spring de auto uit.

De complete begeleiding, inclusief dokter Gijsbrandt en dokter Rozema, staat op het parkeerterrein.

'Dat hadden jullie niet gedacht hè, stelletje klootzakken, mij krijgen jullie niet te pakken!'

Met een woeste blik in de ogen kijkt Felix de staf aan, slaat zichzelf een paar keer in zijn gezicht en rent dan krijsend op Bertram en Guus af. Die schrikken zo dat ze aan de kant stuiven. Het is, zoals gewoonlijk, Bea die het meest kalm blijft en in een reflex handelt. Ze steekt haar voet uit en plant haar hak stevig in de grond. Felix ziet de blokkade volledig over het hoofd. Hij valt languit op zijn gezicht en het grind op de oprit laat zijn sporen na. Hij krabbelt overeind, de scherpe hoekjes van de steentjes hebben voor snijwondjes gezorgd en zijn oog is direct dik en opgezet. Bertram en Guus grijpen hem bij zijn bovenarmen en slepen hem mee naar binnen. Bij de voordeur duwt Felix met zijn laatste krachten zijn voeten tegen de deurpost en schreeuwt zo hard hij kan.

'Familie... Ik heb weer een familie!'

Frank, Thea en de anderen zijn uit de bus gestapt. Het verdriet op hun gezicht is niet gespeeld. Het bebloede gezicht en shirt van Quintin maken het beeld compleet.

'Jongens, wat is er gebeurd? Zijn jullie in orde?' Dokter Gijsbrandt komt op hen afgelopen, hij lijkt net zo van slag als zijzelf.

'Hij heeft uren met ons rondgereden, wilde niet stoppen en steeds "leuke muziekjes" draaien. Het is Mirjam die het ongeloofwaardige verhaal geloofwaardig maakt, simpelweg omdat zij degene is die het zegt. De andere bewoners knikken instemmend en worden door Bea en dokter Rozema naar binnen geleid. Om bij te komen krijgen ze warme chocomel. Buiten moet dokter Gijsbrandt lullen als Brugman om de politie te overtuigen de situatie voor Felix niet nog erger te maken dan hij al is. Niet veel later staat hij met zweetdruppels op zijn voorhoofd in de woonkamer.

'Dit krijgt een staartje, maar ze lijken het ermee eens dat hij hier het beste op zijn plek is. De komende tweeënzeventig uur blijft hij in afzondering.'

Het is laat in de avond als de rust teruggekeerd. Guus heeft nachtdienst en wisselt over het voorval geen woord met de bewoners. Hij zit de hele avond in het kantoor en komt ook geen koffie drinken en tv kijken.

Als het tijd is om te gaan slapen sputtert niemand tegen en de medicijnen worden zonder tegenspraak ingenomen. Vlak voordat iedereen zijn kamer in gaat, zoekt Quintin oogcontact met zijn medebewoners. Hij steekt vier vingers omhoog en wijst naar de klok, ze knikken ten teken dat ze hem begrepen hebben.

Om 4 uur in de nacht volgen er meerdere kloppen op alle slaapkamerdeuren. Het duurt even voor iedereen zo ver is en tegen half 5 sluipen ze naar de isoleercel, ze loeren om de beurt door de patrijspoort.

Felix ligt vastgebonden op het bed en staart naar het plafond. Frank vraagt zich af of hij de tegels van het systeemplafond aan het tellen is.

'Felix, we zijn er allemaal hoor, je hele familie.' Quintin fluistert zo hard hij kan.

Felix draait zijn hoofd naar het patrijspoortje en ook al kan hij ze niet zien, toch glimlacht hij.

'Oké jongens, zijn we er klaar voor...?'

Iedereen knikt en Thea telt af. De stemmen van Felix' huisgenoten dringen door alle kieren van de deur de isoleercel binnen. Felix kan niet geloven wat hij hoort... Een leuk muziekje.

I've been drivin' all night, my hands wet on the wheel
There's a voice in my head that drives my heel
It's my baby callin', sayin, 'I need you here'
And it's half past four and I'm shiftin' gear...

Het avontuur met de bus komt niet meer ter sprake, niet bij groepstherapie en ook niet tijdens individuele sessies. De bewoners hebben door het voorval een sterke band opgebouwd, daarentegen is de sfeer tussen hen en de staf steeds vaker om te snijden.

Tijdens kring komt hun irritatie over het reilen en zeilen in het huis ter sprake. Om en om mogen ze, onder leiding van dokter Gijsbrandt, hun frustraties uiten. Dit gaat gepaard met veel boosheid, onmacht en verdriet. Menigmaal stampt een bewoner woedend weg, om zich vervolgens uren terug te trekken. Zelfs Fenna, die de kunst van het 'onzichtbaar zijn' bij kring-sessies tot in perfectie beheerst, verlaat een keer de ruimte, als Quintin een zoveelste aantekening in zijn dossier krijgt omdat hij zich door de staf verbaal niet in een hoek laat zetten. Ze vindt dit oneerlijk, staat op en wijst driftig van dokter Gijsbrandt naar Quintin.

'Misschien is dit een goed moment om te gaan praten, Fenna?' Er klinkt een spottende ondertoon in de dokter zijn stem, die Fenna beantwoordt met een opgestoken middelvinger, waarna ze iedereen met stomheid geslagen achterlaat. Quintin vindt haar op de bekende plek op het dak.

'Je bent het zat hè?'

Ze knikt en legt met een diepe zucht haar hoofd op zijn schouder.

’s Avonds kruipen alle bewoners bij elkaar op de bank. Er zijn nauwelijks meer discussies over de tv-programma’s die worden bekeken, menigmaal kijken ze niet eens naar de televisie, maar praten ze met elkaar over de ervaringen die hun levens zo getekend hebben.

Deze avond is dat niet anders. Hoewel het alweer twee weken geleden is sinds hun ‘schoolreisje’, zijn de verwondingen aan Felix’ gezicht nog steeds niet hersteld.

‘Blijf met je fikken van je gezicht af en laat die korstjes met rust, nog even en je hele bek is net een grindtegel.’

Thea zegt het met een vriendelijke ondertoon in haar stem terwijl ze, zonder haar blik van *Ha, die pa!* af te wenden, Felix’ handen naar beneden duwt.

Bea hoeft niet eens uit de personeelskamer te komen om de bewoners te attenderen op het feit dat het bedtijd is. Sinds hun zelfverkozen ‘schoolreisje’ hangt er een grauwsluier over het huis en zijn bewoners. Alsof ze collectief tot het besef zijn gekomen dat de veiligheid waar ze als kind zo naar verlangden in hun huidige situatie nog schaarser blijkt dan hun was voorgespiegeld.

Een uur later heeft iedereen zich teruggetrokken op zijn of haar kamer, op één na. Op kousenvoeten sluipt een van de bewoners door de gang. Geruisloos gaat het bepaald niet en meerdere malen zorgen de sokken voor een glijpartij. Het bijkomende lawaai om in evenwicht te blijven zorgt ervoor dat een van de slaapkamerdeuren opengaat.

‘En wie hebben we daar?’

‘Lulsnol!’

'Jezus Reinout, kan je nog harder schreeuwen? Bedek je mond en kom binnen, of wil je dat Bea je hoort?'

Reinout doet wat Thea van hem vraagt en schuifelt met zijn hand voor zijn mond haar slaapkamer binnen.

'Wat ben je ook een eigenaardig ventje, wat was je aan het doen?'

'Ik had honger.'

'Als jij denkt dat je midden in de nacht naar de keuken kunt sluipen, dan ben je nog gekker dan ik dacht.'

Reinout zegt niks en bekijkt Thea van top tot teen. De dunne stof van haar shirtje zit strak om haar lichaam en laat weinig aan de verbeelding over. Hij wijst naar haar borsten: 'Sekstieten!'

'Niet overdrijven alsjeblieft, ze doen leuk mee, maar daar houdt het ook wel mee op.'

Reinout grinnikt en bedekt voor de zekerheid zijn mond. Thea staart een tijdje voor zich uit en veert dan overeind.

'Ik heb een idee, maar je moet me vertrouwen.'

Ze graait in het laatje van haar nachtkastje en haalt een joint tevoorschijn.

'Ik denk dat je hier wel eens rustig van zou kunnen worden. Misschien krijgen we dat geschreeuw van je dan eindelijk eens onder controle.'

'Crackhoer!'

Thea zucht diep, steekt de joint aan.

'Rustig inhaleren en je overgeven aan het gevoel, ik beloof je dat je je zo een stuk beter zal voelen.'

Al snel is het effect zicht-, voel-, maar vooral hoorbaar.

'Jeetje, wat is het stil in mijn hoofd.'

Thea glimlacht.

'Fijn?'

'Heel fijn en een beetje onwerkelijk. Er lijkt nu pas ruimte voor mijn gedachten te zijn.'

'En wat vertellen je gedachten je dan?'

Reinout staart voor zich uit en haalt zijn schouders op.

'Dat het allemaal zo zinloos is, denk ik.'

Thea kijkt hem vragend aan.

'Er zijn zoveel dingen die ik zou willen doen, maar iets houdt mij tegen, tenminste zo voelt het.'

Reinout neemt nog een trekje van de joint en blaast daarna tegen het uiteinde om het puntje te laten gloeien.

'Die stilte is fijner dan ik dacht, ik begrijp Fenna ineens stukken beter.'

'Wil jij ook dood dan? Net als Fenna?'

Reinout schudt hevig zijn hoofd.

'Absoluut niet, er is veel te veel wat ik mee wil maken, maar ik snap dat ze zo graag stil is. Woorden zijn vaak overbodig, in ieder geval in haar wereld.'

Thea rommelt in haar lade en haalt een pak speculaaskoekjes tevoorschijn.

'Hoe kom je daar aan?'

Reinout wacht niet eens op antwoord, scheurt hongerig het pak open en propt twee koekjes tegelijk in zijn mond.

'Tijdens de laatste PMT-sessie zag ik ze in het ziekenhuis op de koffiekar liggen. Ik houd niet eens van speculaas, maar bedacht me dat ze van pas zouden kunnen komen.'

Reinout grinnikt en stukjes speculaas vliegen Thea om de oren.

'Gadverdamme gek, ik slaap in dit bed, zelfs wanneer je geblowd hebt komt er rottigheid uit je mond.'

'Sorry...'

'Ik maak een grapje, maar voor de volgende keer: Je mond leeg tijdens lachen en zoenen, dus ook geen kauwgom in je mond.'

Reinout frunnikt aan de deken en slikt met een rood hoofd de laatste stukjes door.

'Ik heb nog nooit gekust.'

'Gekust heb je zeker, gezoend is ongetwijfeld een ander verhaal.'

Thea duwt Reinout opzij en veegt speculaaskruimels van haar beddengoed.

'Dat is toch hetzelfde?'

'Nee, dat is het niet, hoe is het mogelijk dat ik hier met allemaal idioten woon?'

Reinout wil wat zeggen, maar Thea is hem voor.

'Ik mag hopen dat je nooit met je moeder of je oma gezoend hebt, die geef je namelijk een kus. Op de wang of – smerig – op de mond, maar het blijft een kus.'

Reinout wil nog een trekje van de joint nemen, maar Thea heeft besloten dat het genoeg is geweest. Ze pakt twee speculaasjes en houdt die voor zijn neus.

'Ruilen? Van koekjes kan een mens nooit genoeg eten, maar dit...'

Ze pakt de joint voorzichtig uit zijn hand en legt hem op de rand van het wierrookschaaltje.

'Ik heb nog nooit gezoend.'

'Dat vermoeden had ik al, lieve Reinout, dat geeft niks, jouw tijd komt nog wel.'

Reinout knikt gelaten.

'Zou je denken? Soms ben ik weleens bang dat het leven aan mij voorbijgaat en dat ik het nooit meer kan inhalen, snap je wat ik bedoel, godverdomme kutzooi.'

Thea kijkt verbaasd op.

'Is de joint nu al uitgewerkt?'

'Nee, ik ben gewoon verdrietig, boos, bang, alles tegelijk. Ik wil niet dood, maar lijk ook niet echt te mogen leven, tenminste, zo voelt het.'

'Jezus man, je weet zelfs de lol uit een joint te zuigen. Je hebt toch wel fijne momenten gekend? Daar kan je dan hoop uit putten voor de toekomst.'

Reinout staart peinzend voor zich uit. 'Ik heb herinneringen, alleen soms heb ik het gevoel alsof ze niet van mij zijn, dan is het net of ik ze door de ogen van een ander heb beleefd.'

'Dan maak je nieuwe herinneringen en zorg je ervoor dat ze stuk voor stuk van jou zijn, heb je dat goed begrepen?'

Er klinkt wanhoop in Thea's stem, ze pakt Reinout bij zijn gezicht en drukt een kus op zijn voorhoofd.

'Waarom moet je nou huilen? Ik wilde je niet verdrietig maken.' Reinout wil de tranen van haar wangen vegen, maar Thea staat dat niet toe en herpakt zich. Ze pakt het hele pak speculaas en drukt hem dat in zijn handen. 'Hier lieverd, ga ze maar lekker opeten in je kamer, ik voorspel dat jij binnen een half uur razende honger krijgt.'

Ze dirigeert Reinout voorzichtig naar de deur van haar slaapkamer.

'Ben je boos op mij? Heb ik iets verkeerd gedaan?'

Thea schudt haar hoofd en begint de sporen op haar nachtkastje uit te wissen door alles netjes terug in de la te stoppen.

Reinout wil nog wat zeggen, maar durft niet zo goed. Hij aarzelt, maar besluit dan te doen wat Thea van hem vroeg en terug naar zijn kamer te gaan. Hij draait zich om en probeert de deur zo zachtjes mogelijk achter zich te sluiten.

'Reinout?'

'Ja?'

Hij steekt zijn hoofd om de hoek en schrikt zich een ongeluk omdat hij met zijn neus bijna tegen die van Thea staat.

'Spuitpoep!'

Thea glimlacht en legt haar hand op zijn wang.

'Je hebt het onder controle, ik weet het zeker.'

Dan drukt ze voorzichtig haar lippen op die van hem, voor een kort moment komen de monden los van elkaar. Het puntje van Thea's tong glijdt, heel voorzichtig, eerst over Reinouts onderlip en dan langs zijn bovenlip.

'Nu jij.'

Reinout imiteert de handeling die Thea hem zojuist heeft voorgedaan, op het moment dat hij op het punt staat om haar bovenlip te likken, zoent ze hem terug. Zijn tong en die van haar verstrengelen zich in een zoen die hem het gevoel geeft dat de tijd stil staat.

Net zo onverwacht als het begon stopt het ook. Thea doet een stapje naar achteren en kijkt hem onderzoekend in de ogen, hij kan niks anders doen dan met open mond terug staren.

'Reinout?'

'Waarom deed je dat nou?'

'Ik wilde je een herinnering geven die een leven lang meegaat.'

Reinout begint zacht te huilen. 'Waarom?'

Thea breng zijn hoofd naar haar mond en kust de tranen van zijn wangen. 'Ik denk dat je dat wel weet.'

Hij knikt.

'Vertel het me, waarom zoende ik je?'

Reinout veegt met zijn mouw zijn gezicht droog en loopt op zijn kousenvoeten langzaam de gang in.

'Omdat je me lief vindt.'

'Mag ik bij je komen zitten?'

Frank steekt zijn hoofd om de hoek van het zolderraam en zoekt oogcontact met Quintin.

'Als je gaat springen doe ik je wat. We hebben samen corvee en ik ga echt niet in m'n eentje de afwas doen.'

Quintin steekt een hand omhoog. 'Geen zorgen, ik zag appeltaart in de koelkast liggen en die wil ik niet missen.'

Frank schuifelt met enige angst in de ogen naast Quintin in de dakgoot en loert voorzichtig over de rand naar beneden.

'Teringhoog... waarom wil een weldenkend mens hier in godsnaam zitten?'

Quintin kijkt hem glimlachend aan. 'Je zou hier uit jezelf nooit zijn gaan zitten?'

'Nee, ik ben daar gek, vertel, waarom was je dag klote?'

'Kut.'

Frank kijkt hem niet-begrijpend aan.

'Mijn dag was niet "klote" mijn dag was ronduit kut.'

'Zit daar verschil in dan?'

'Nou en of... kijk, het is klote wanneer je je veter van je schoen stuktrekt, het is kut wanneer dit gebeurt wanneer je je al verslapen had, je door die stukgetrokken veter je trein mist en je daardoor de rest van de dag achter de feiten aanloopt.'

Frank knikt instemmend. 'Kut dus, ik begrijp het verschil, nu weet ik alleen nog steeds niet waarom.'

Quintin had een aantal weken daarvoor te horen gekregen dat zijn vorige klas een feest ging houden. Hij was officieel niet uitgenodigd, maar door te lullen als Brugman had hij zijn klasgenoten weten te overtuigen en zodoende zat hij eerder die middag in de trein.

Het thema was 'Cowboys en Indianen' en hij had Klaas gesmeekt of hij zijn suède colbert mocht lenen. De vaal geworden stof paste perfect bij het giletje dat hij ooit van zijn oma had gekregen, een erfstuk van zijn opa. Hij had zijn Levi's-spijkerbroek erbij aangetrokken en zichzelf in de spiegel van top tot teen bekeken. Het was Thea die een rode boerenzakdoek rondom zijn nek knoopte en met haar vingertop op zijn neus drukte. 'Net echt.'

Felix en Frank hadden van hun zakgeld een speelgoedpistool gekocht en met zilverlak, die ze in het gebouwtje hadden gevonden, bespoten. Het klappertjespistool glansde in de zon.

'Als je dat ding in de trein tevoorschijn haalt ben je nog niet jarig.' Bea's waarschuwing was niet tegen dovemansoren gezegd, en gedurende de treinreis naar school zat het vuurwapen in zijn rugzak.

Op het schoolplein was het een drukte van jewelste en er hing een uitgelaten sfeer. Alle herinneringen van vroegere verjaardagsfeestjes en logeerpartijen kwamen boven. Hij stak zijn pistool in de lucht om zich als een echte cowboy in het feestgedruis te mengen.

'Hey jongens!'

Zijn enthousiasme kon niet oprechter zijn. De afwijzing van

zijn persoon in de vorm van een ongemakkelijke stilte ook niet. Her en der ging een hand omhoog als aarzelende groet. Het waren vooral de onzekere, en in sommige gevallen, ontwijkende blikken van de mensen die hij vroeger tot zijn vrienden rekende die hem van zijn stuk brachten. Ze wisten zich geen houding te geven en ontweken hem met alle mogelijke moeite. Verwonderlijk was dat niet, ruzies en scheldpartijen waren in het laatste jaar van zijn aanwezigheid eerder regel dan uitzondering geweest. Een zelfmoordpoging door zich te proberen te verhangen in een verlaten handvaardigheidlokaal was het hoogtepunt, op het dieptepunt van zijn leven...

Boven de werkbanken hingen lange elektriciteitskabels met aan het einde een stekkerdoos. Hem juist in die ruimte laten nablijven bood hem de gelegenheid waarvan hij zich de uitkomst al zo vaak had ingebeeld.

Zijn klasgenote Gerrie zag het door het raam gebeuren en rende zo snel als ze kon naar binnen. Door haar snelle handelen bezorgde ze hem een kans op een tweede leven en in ruil daarvoor gaf hij haar, naar alle waarschijnlijkheid, de meest verschrikkelijke herinnering uit haar schooltijd.

'Hoi Quintin, leuk dat je er bent.' Het was zijn aardrijkskundeleraar die hem welkom heette. Hoewel de woorden vriendelijk waren, klonk er bezorgdheid in zijn stem. Daarmee was de toon voor de rest van dag gezet. Hij voelde de ogen van zijn klasgenoten en de aanwezige docenten in zijn rug prikken. Hij zorgde eigenhandig voor een beklemmende sfeer, die niet thuishoorde op een schoolfeest.

Als hij naar het toilet moest, liep er iemand mee. Hij kreeg het gevoel dat de klas strikte instructies had gekregen om hem geen moment uit het oog te verliezen. Van alle klaslokalen waren er slechts twee open. In het ene lokaal werd een film afgespeeld van hun eerste schoolkamp, en in het andere was van alle tafels één hele lange tafel gemaakt, die gevuld was met flessen Pepsi, Sisi en 7UP. Op het bureau van de docent stonden schaaltjes worst en bakken chips. Waarschijnlijk dachten ze dat niemand zo depressief zou zijn om zich te verhangen tussen de salami en paprikachips, want dat was de enige plek waar er niet continu toezicht op hem was. Zijn voormalig klasgenoten stonden midden in het leven, datzelfde leven stond hem niet toe deelgenoot te zijn van hun geluk.

Het schoolfeest was nog in volle gang toen hij de deuren van de trein met een luid gesis achter zich hoorde sluiten. Bij aankomst op het station stond Bertram hem met de bus op te wachten. Hoewel de afstand van het huis naar het station slechts vijf minuten lopen was, stond de leiding erop dat hij opgehaald werd. De regenbui die zijn humeur meteorologisch ondersteunde maakte het minder erg dat hij als een kleuter opgewacht werd.

'Rij jij of rij ik...'

Bertram zei het met een knipoog, waarmee hij aangaf een sterk vermoeden te hebben wie er achter de joyride van enkele weken daarvoor zat.

'Rij jij maar, ik heb drie glazen sinas gedronken.'

Bertram grinnikte en reed hem zwijgend naar huis. Bij thuiskomst wilde Quintin met niemand praten en tijdens het avondeten ontweek hij de blikken van zijn medebewoners, precies zoals zijn klasgenoten dat bij hem hadden gedaan. Onderweg naar boven hing hij Klaas' jas op de kapstok, die zou hij de volgende ochtend wel vinden. De zakdoek van Thea knoopte hij om haar deurklink. De deur naar zolder stond open en heette hem welkom.

'Jezus man, wat kut.'

'Morgen mag ik naar mijn ouders, daar heb ik wel zin in.'

Frank knikt enthousiast, slaat zijn arm om Quintin heen en laat zijn hoofd voor op zijn schouder rusten, zijn diepe zucht lijkt zijn zorgen weg te blazen.

'Sorry Frank, dat was lomp van me. Zal ik vragen of je een keer mee mag?'

'Zou dat mogen denk je?'

Quintin denkt na over zijn impulsieve voorstel.

'Van mijn ouders wel, hier moeten we ons van onze beste kant laten zien voor ze dat idee goedkeuren. Kom, we gaan naar beneden, ik schijn jou te moeten helpen met corvee.'

Quintin stapt over Frank heen naar het open raam alsof hij op de begane grond loopt.

'Nou tempo...'

'Waarom heb jij ineens zo'n haast?'

Quintin staat al op de zoldervloer en steekt zijn hand uit het raam om Frank naar binnen te helpen.

'Ik ga het leven vieren, met appeltaart.'

VERLIEFD

'Vind je dit normaal?'

Quintin wrijft in zijn ogen, deels van de slaap, maar vooral van verbazing, Fenna zit op de rand van zijn bed. Ze kijkt hem aan en haalt haar schouders op.

De avond was rustig verlopen en ze hadden met zijn allen een film gekeken. Hij zou morgen voor het weekend naar zijn ouders gaan en had zijn tas al ingepakt. Het debacle van het schoolfeest had hij verdrongen door een groot stuk appeltaart te eten.

Frank had een film uitgekozen over indianen, het kon Quintin niet echt boeien, hij zat te azen op de appeltaart die eventueel over zou blijven en vroeg Bea fluisterend of hij die mocht hebben. Ze knikte en wuifde met haar hand, ten teken dat hij haar niet lastig moest vallen.

Uit de keuken had hij zo zachtjes mogelijk wat aluminiumfolie gepakt om de lekkernij in te pakken. Hij sloop naar boven en schoof de taartpunten in zijn nachtkastje.

Honger had hij gek genoeg vaak als het hele huis in diepe rust was. Hij was wel eens naar beneden geslopen om een boterham te smeren, maar dat was hem duur komen te staan. Halverwege de trap, met in iedere hand een dubbele boterham met pindakaas, hoorde hij ineens de voetstappen van Erik uit de personeelskamer komen. In zijn ene hand had hij een kop koffie en met de andere haalde hij stomverbaasd een sigaartje uit zijn mond: 'Wat flik jij nou?'

Ze keken elkaar aan, Quintin was niet van plan zijn boterhammen zonder slag of stoot op te geven en Erik, de Khadaffi onder de begeleiders, zag er niet naar uit dat hij hem deze nachtelijke snack zou toestaan.

'Of je geeft dat vreten aan mij, of ik kom naar boven om het van je af te pakken, ik stel voor dat je voor optie een kiest.'

Quintin keek naar het bruine brood waar hij, na een dun laagje boter, de pindakaas zo dik mogelijk op had gesmeerd. 'Ik heb honger en thuis mag ik ook altijd een boterham smeren.'

Je bent hier niet thuis, hier met dat brood!' Erik zei het met een gemeen lachje en Quintin wist dat hij gelijk had, voorlopig zou hij niet naar huis mogen, dus wat had hij te verliezen?

'Ik tel tot drie!'

Dat was niet veel tijd, maar precies genoeg om zijn tanden voor drie grote happen in het brood te zetten.

Erik was woedend, bij het naar boven stormen waren de rode adertjes in het wit van zijn ogen zichtbaar. Het deed Quintin denken aan de nare hond van de eigenaar van het tuincentrum uit zijn dorp. Ze heette Lola en was een boxer die net zo bloeddorstig kon kijken als Erik nu deed. Quintin gooide eerst de half opgegeten boterham naar hem. Die landde precies op de gloeirand van zijn sigaartje, waardoor die uit zijn mond gelanceerd werd. Quintin trok de dubbele boterham in zijn andere hand uit elkaar en op het moment dat Erik hem bij zijn armen wilde grijpen sloeg hij de twee plakkerigere sneden brood tegen zijn wangen. 'Broodje debiel voor tafel één.'

‘Godverdomme, kutjong!’

Quintin rende de trap op, via de overloop naar de badkamer. Als hij de wc kon bereiken, zou Erik zijn woede waarschijnlijk op de deur koelen, maar hem na verloop van tijd wel met rust laten. Het was Eriks schoen die een dikke streep door zijn ontsnappingsplan zette. Hij werd uit zijn evenwicht gebracht en klapte met zijn hoofd tegen de deurpost van de badkamer.

‘Wat ben je ook een klootzakje, ik zei dat je moest luisteren!’ Erik greep hem bij zijn nek en rammelde hem door elkaar. Het werd Quintin zwart voor de ogen, niet van duizeligheid, maar van woede. Hij kookte. Hij had zichzelf gezworen dat niemand hem ooit nog pijn zou doen. Tal van scenario’s flitsten door zijn hoofd en hij handelde in een opwelling. Zijn vuist flitste van onder naar boven, vol tegen Eriks kaak...

Er gebeurde niets, althans, niet waar hij op gehoopt had. In films vielen mensen na zo’n klap om en soms vlogen ze zelfs door een raam, hier was alleen geen ruit om doorheen te vliegen en Erik was niet van plan om bewusteloos ineen te zakken. Met zijn vlakke hand sloeg hij hem terug, hard en geplaatst. De groene linoleumvloer veranderde in een golfslagbad en het lukte Quintin niet om op zijn benen te blijven staan. Erik sleepte hem, schijnbaar zonder enige moeite, over de gang mee naar de isoleercel, van enige vorm van verzet was al geen sprake meer.

‘Armen vooruit, of ik geef je nog een lel.’

Quintin deed wat hem gevraagd werd en de ruwe stof van de dwangbuismouwen werd over zijn handen en armen geschoven. De rugriempjes werden ongeduldig vastgetrokken. Het pijnlijkste was de leren riem die, vanaf de voorkant, via zijn kruis, op zijn rug werd vastgemaakt. Zijn piemel werd door het stugge leer platgedrukt en de rand van de riem sneed in zijn linker testikel. Erik smeet hem in de hoek van de ruimte.

'Jij blijft daar zitten en als je beweegt, zorg ik ervoor dat je de komende 48 uur op dat bed daar wordt vastgebonden, heb je dat goed begrepen, ettertje?'

De deur viel met zo'n enorme dreun in het slot dat de windvlaag ervan Quintins haar deed wapperen. Hij nam zich voor dat dit de eerste en laatste keer zou zijn dat hij in deze positie terecht zou komen. Honger of niet, geen boterham met pindakaas was deze afstraffing waard.

Met het verstrijken van de tijd leerde hij, onder andere door goed naar de anderen te kijken, hoe hij de regels kon omzeilen en wat de beste momenten waren om iets naar zijn slaapkamer te smokkelen.

Een lila mouw van een nachtjapon reikt andermaal naar het nachtkastje om het laatste stuk taart uit de la te vissen. Met zachte smakgeluidjes kauwt Fenna op stukjes appel die, samen met het knapperige deeg, een kleine explosie van geluk in haar ogen veroorzaken.

'Je weet dat je mijn taart zit op te eten?'

Fenna knikt en tovert haar vriendelijkste glimlach tevoorschijn. Quintin gaat recht overeind in bed zitten en schudt zijn hoofd. 'Jij bent echt een rare, en met die malle glimlach kom je niet ver. Hier met die taart, anders ga ik iedereen bij het ontbijt vertellen dat je wel degelijk kan praten en nog smerigere dingen zegt dan Reinout.'

Fenna breekt de helft van de appeltaart af en samen kruimelen en eten ze van het gebak.

'Wat kom je eigenlijk doen, behalve mijn voedselvoorraad opeten?' Quintin durft haar bij de vraag niet aan te kijken en veegt de kruimels van het beddengoed. Fenna gaat op de dekens naast hem liggen. Met haar linkerhand plukt ze zenuwachtig aan haar rechtermouw. Ze kijkt Quintin aan, opent haar mond om hem direct weer te sluiten.

'Wil je me wat zeggen? Ik maakte een grapje hoor, ik zal het niemand vertellen als je tegen me praat, dat beloof ik.'

Fenna pakt zijn hand vast, ze kijkt hem aan en haalt diep adem, Quintin op zijn beurt durft helemaal geen adem te halen. Aan de ene kant is hij bang voor wat komen gaat, maar iets in hem wil zo graag praten met de bewoonster die hem zeer dierbaar is geworden.

'Zal ik anders als eerste vertellen wat mij overkomen is?'

Fenna knikt.

Quintin begint te vertellen, over de nachtmerries die hem wakker houden, over de eenzaamheid die hij voelt als hij bij zijn familie is, over de verkeerde afslagen die hij heeft genomen en over het verdriet dat hij anderen heeft aangedaan. Hij praat bijna een uur aan een stuk door en vermorzelt uit frustratie bijna Fenna's hand die, als troost, in die van hem ligt. Ze geeft geen krimp en aait, ter geruststelling, met haar duim over de rug van zijn hand. Ineens stopt hij met praten en kijkt haar aan.

'Ik weet waarom je hier bent...'

Fenna knikt en Quintin begint te huilen en drukt zijn hoofd in haar schouder.

'Ik weet wat ik je heb beloofd, maar wil je alsjeblieft blijven.'

Fenna schudt zachtjes haar hoofd en probeert haar hand los te trekken, Quintin wil haar niet los laten en met zijn andere hand omklemt hij de stof van haar nachthemd.

'Alsjeblieft, ik zal alles doen wat je van me vraagt. Het maakt echt niet uit wat. Ik zal, zolang we hier zijn ál je corveetaken op me nemen, dan hoef je nooit meer af te wassen en te koken.' Door zijn tranen heen probeert Quintin te glimlachen, zodat ze zijn aanbod niet kan weigeren. Fenna kijkt hem aan en kust hem zacht op de mond. In een flits moet hij denken aan het verhaal van Judas en Jezus, maar Fenna verraadt hem niet en hij zal haar ook nooit verraden, hij moet haar alleen durven loslaten. Zijn greep verslapt en de lila stof van het My Little Pony-nachthemd glipt tussen zijn vingers weg.

Ze kijkt hem glimlachend aan, knikt hem toe en loopt dan richting de deur om naar haar slaapkamer te gaan. Ze heeft gedaan wat ze hem had beloofd en kan eindelijk verder.

'Fenna? Wat moet ik tegen de anderen zeggen?'

Haar vingers trommelen zachtjes op de deurpost, terwijl de denkrimpel boven haar neus ernstige overpeinzingen verraadt. Dan lichten haar ogen op en opent ze haar mond.

'Vertel ze dat ik verliefd werd op de dood, omdat het leven mij bleef afwijzen.'

Ze sluit de deur en de tred van haar kousenvoeten vervaagt, om plaats te maken voor een enorme leegte.

Quintin zit de rest van de nacht overeind in zijn bed. De enige zin die Fenna had gesproken galmt na in zijn hoofd en zou een leven lang meegaan.

De volgende ochtend zit Quintin op de stenen trap bij de voordeur op zijn vader te wachten. Hij heeft zijn radio op zijn schoot en zijn sporttas ligt naast hem.

Zodra de koplampen van de Ford Sierra op de oprit verschijnen rent hij naar de auto, zijn vader draait het raampje naar beneden en steekt zijn hoofd naar buiten.

'Zo, jij hebt er zin in!'

'Mag de kofferbak open voor mijn spullen?'

'Hij is open.'

Quintin legt zijn spullen neer en slaat de klep dicht. In de verte ziet hij iets bewegen... het is Fenna.

Ze zit in de dakgoot, haar blote benen bungelen onder het lila nachthemd ontspannen heen en weer. Hij steekt zijn hand op, ze stopt met wiebelen en werpt hem een kushandje toe. Vanuit de achteruitkijkspiegel zag zijn vader hem zwaaien, bij het instappen port hij hem in zijn zij.

'Wie is dat?'

'Dat is Fenna'

'Is ze verliefd?'

De auto rijdt achteruit en Quintin staart naar de beentjes, die weer zijn gaan bungelen.

'Ja pap, ze is verliefd.'

'Hier is iets goed mis.'

Het weekend was tergend langzaam voorbijgekropen, eigenlijk wilde hij zondagochtend al naar het huis, maar een kerkdienst en familiebezoek zorgden voor een vervelende vertraging. Fenna's kushandje bleef hem de hele tijd achtervolgen. De terugrit naar de inrichting kon hem niet snel genoeg gaan en hij spoorde zijn vader aan om harder te rijden dan toegestaan.

Wanneer ze de oprit naderen zien ze de zwaailichten van drie politieauto's. De vader van Quintin werkt in de gevangenis, dus die is wel bekend met de felle lampen, toch trapt hij direct op de rem en zo zitten vader en zoon enkele momenten zwijgend in de auto. Als een vuurtoren van rampspoed verlichten de blauwe lampen keer op keer het interieur van de auto.

'Ik breng je deze keer even naar binnen geloof ik.'

'Dat hoeft niet, is de kofferbak open?'

Zijn vader knikt en Quintin stapt uit. Hij opent de kofferbak, gooit zijn tas over zijn schouder en omklemt zijn Akai-radio alsof het zijn kostbaarste bezit is.

Het was een onverwacht cadeau van zijn vader geweest, gekregen een dag voor zijn opname, nu alweer vier maanden geleden. Hij loopt over het knisperende grind van de oprit, langs de agenten. Dokter Gijsbrandt is druk in gesprek met een aantal van hen.

‘Kom vlug binnen Quintin, dan leggen we je uit wat er allemaal aan de hand is, wil je een kop chocomel?’

Het is Bea, die in de deuropening haar arm om hem heen slaat, een teken van geborgenheid, met als voornaamste doel om hem zo snel mogelijk binnen te krijgen. Hij vergeet zijn vader gedag te zeggen en loopt met haar mee. Zijn medebewoners zitten allemaal in de woonkamer, blijkbaar krijg je bij slecht nieuws chocomel, want iedereen zit met een beker van de warme drank in zijn handen. Bea windt er geen doekjes om en vertelt waarom de politie de oprit van een eentonige lichtshow voorziet.

‘Er is iets vreselijks gebeurd.’

De verslagenheid is groot en de stilte overheersend. De dood heeft zijn jas uitgedaan en deze ruimte als zijn kapstok gebruikt. Het voelt verstikkend en Quintin krijgt het steeds benauwder. De enige manier om vrij te kunnen ademen is door te praten. Zijn gedachten het woord te laten voeren en zijn herinneringen het vertrekpunt te laten zijn van een afscheid dat hij niet wilde nemen.

‘Quintin, je bent aan het hyperventileren jongen, adem rustig in door je neus, uit door je mond.’ Het is Guus die zijn best doet om hem in het hier en nu te houden.

‘Mag ik alsjeblieft naar mijn kamer?’

De begeleiders en dokter Gijsbrandt overleggen kort met elkaar, waarna de dokter het woord neemt.

In zijn handen heeft hij het dikste dossier van alle bewoners geklemd, hij kijkt ernaar terwijl zijn hand liefkozend over de map wrijft. Honderden pagina’s over andermans leven heeft hij opgetekend, zodat hij het daarna als zijn levenswerk kon beschouwen. Hij schraapt zijn keel en kijkt eindelijk op van het dossier.

'In stilte vinden sommige mensen rust, ook al hebben ze het in wanhoop uitgeschreeuwd... Niet iedereen is te helpen. Het is spijtig dat het traject zo abrupt gestopt is.'

Quintin rent de woonkamer uit. Eenmaal boven, laat hij zich op zijn bed vallen en begint hij te huilen. Het is doodstil in het huis, alleen de bellen van de spoorwegovergang van het naburige treinstation doorbreken de stilte.

Enkele dagen daarna wordt er een lege kist in de woonkamer geplaatst. De bewoners krijgen de gelegenheid om hun gevoel te uiten op de manier die het beste bij hen past. De kist wordt al snel gevuld met brieven en andere objecten. Zo legt Felix zijn lievelings-cd'tje van Billy Joel tussen de brieven en later die avond ligt er ineens een joint als symbool van ultieme 'rust en vrede' tegen de witte bekleding. Het trofeetje van Mirjam ligt een beetje schuin, waardoor je maar een deel van het opschrift op het zilveren plaatje kan lezen: *Winnaar van het leven*. Quintin schuift, vlak voor het sluiten van de kist, op de dag van de herdenkingsdienst, de lila My Little Pony-pyjama bij de andere spulletjes.

De weken na de begrafenis voelen net zo leeg als een graf waar geen lichaam in ligt, vooral Thea en Quintin hebben het zwaar, waarbij de weekenden het dieptepunt van de week vormen. Fenna stierf een dood die ze minutieus had voorbereid. De bewoners spraken urenlang over de verschillende scenario's die door haar hoofd gespookt moeten hebben, het was hun manier om haar alsnog beter te leren begrijpen. Het was Felix die, tijdens het avondeten, mompelde dat ze het treinschema waarschijnlijk uit haar hoofd had geleerd. Bij iedereen was direct de eetlust verdwenen en de nieuwsgierigheid gewekt. Volgens Felix zijn theorie waren de vele momenten die ze op het dak had doorgebracht er niet om haar hoofd tot rust te brengen, maar om het ritme van de treinen te leren kennen. Als de wind uit de goede richting kwam kon je één bepaalde trein over het spoor horen denderen. De stoptreinen en intercity's moesten allemaal op het station tot stilstand komen om hun passagiers in- en uit te laten stappen, dat gold niet voor de goederentrein die vier keer per week voorbij kwam razen.

Fenna was vanaf het moment dat ze in het huis kwam wonen bezig met haar vertrek en ze was niet van plan om haar aansluiting te missen. Nadat ze Quintin had uitgezwaaid was ze naar beneden gegaan en met Bea meegelopen om de kippen te voeren.

'Wat fijn dat je mij komt helpen.'

Terwijl ze het voer uitstrooiden wees Fenna op wat vers gelegde eieren.

'Dat is lekker voor de lunch, ik pak binnen een kom om ze mee te nemen.'

Bij terugkomst was Fenna verdwenen, ze had het deurtje van het kippenhok open laten staan. Op het moment dat Bea samen met Guus de kippen probeerde te vangen liep Fenna naar het station.

Doordat de kippen genoten van hun tijdelijke vrijheid hoefde ze zich niet te haasten en kwam ze precies op tijd om de slagbomen van de spoorwegovergang te zien sluiten. In de verte kwam een goederentrein aangereden. Stukken langzamer dan een normale trein, maar overduidelijk niet van plan om te stoppen. Ze stond naast een meneer met een wandelstok.

'Wat zijn ze lang hè, die goederentreinen, als kind wilde ik altijd in een van de wagons springen. Het leek me fantastisch om op reis te gaan en niet te weten waarheen. Ik sta hier graag, ik ben gek op treinen en reizen.'

De man had Fenna aangekeken en Fenna keek terug.

'Zou jij ook op reis willen?'

Ze knikte.

'Waar zou je naartoe gaan als je nu op een goederenwagon mocht springen en de bestemming mocht bepalen?'

Fenna drukte haar wijsvinger op haar lippen, de man begreep niet wat ze bedoelde, maar kreeg niet de kans om haar meer vragen te stellen. Ze stapte zonder enige aarzeling onder de slagbomen door, wachtende automobilisten toeterden en andere weggebruikers gilden of draaiden hun hoofd weg. Bea kwam de hoek om gerend en schreeuwde het uit.

'Fenna, nee!'

Fenna draaide haar hoofd naar Bea en glimlachte.

VIER OP EEN RIJ

'Mag ik je tot slot wat laten horen?'

Het is Quintins laatste sessie met dokter Gijsbrandt. Zijn beslissing om zich voorbeeldig te gedragen en niet te praten over wat hem overkomen is heeft geleid tot dit moment: een afrondend gesprek met de dokter. Morgen mag hij naar huis. De Ford Sierra van zijn vader zal dan voor de laatste keer de oprit op komen rijden en hij zal deze plek de rug toekeren.

'Hoe komt dat?'

Quintin wijst naar een gat in de gipsen wand naast de deur van het kantoor. Hij drukt zijn eigen vuist erin en komt tot de conclusie dat de dader ongeveer even grote handen moet hebben gehad. Dokter Gijsbrandt haalt zijn schouders op en drukt op het play-knopje van de taperecorder.

'Luister hier even naar, dat is belangrijker.'

Het cassettebandje komt tot leven, het zachte geruis vult de kamer, dan is de stem van de dokter te horen: 'Vertel me eens over je zusje.'

'Godverdomme, alweer?'

Franks' stem klonk geïrriteerd, alsof hij elk moment in een woedeaanval kon uitbarsten.

'Je bent hier op een veilige plek, niemand zal je kwaad doen. Begin gewoon eens met haar naam, die heb je tijdens geen enkele sessie genoemd.'

De stem van de dokter klonk angstig toen hij Frank rustig probeerde te krijgen. Althans zo komt het op Quintin over, gek genoeg heeft het luisteren naar de opnames iets spannends. Het doet hem een beetje denken aan de hoorspelen waar hij als jongetje met zijn opa naar luisterde. Het geschuifel van de stoel was alleen geen geluidseffect, maar Frank, die zich een houding probeerde te geven.

'Haar naam staat vast in het dossier.'

'Ja jongen, alles staat erin, maar ik vind het belangrijk om het uit jouw mond te horen.'

'Waarom moeten we blijven praten over iemand die dood is?'

De dokter schraapt op de tape zijn keel en Quintin kijkt hem gelijktijdig onderzoekend aan. Zijn blik wordt ontweken, dokter Gijsbrandt heeft slechts oog voor zijn dossier en maakt af en toe een aantekening.

'Omdat het evident is dat ze nog steeds bepalend is.'

'Ik weet niet wat "evident" betekent.'

'Dat iets "duidelijk" is.'

Frank zucht diep en het klinkt alsof hij ergens tegenaan slaat.

'Vind je het moeilijk om je frustraties onder controle te krijgen? Je hand stukslaan op de leuning verandert niks aan de situatie.'

'Godverdegodver, altijd maar die kutvragen!'

'Frank, wil je blijven zitten alsjeblieft...?'

Op de opname is het geschuif met de stoelen goed te horen en het zorgt ervoor dat Quintin zelf op het puntje van zijn stoel is gaan zitten.

'Ik ga niet zitten, je bent een vuile NSB'er. Alles wat ik vertel deel je met de nazisnor en de anderen.'

Er volgt weer een klap, deze keer harder, hij klinkt verder weg van de taperecorder en het mysterie van het gat naast de deur lijkt ineens opgelost.

'Frank! Zitten blijven, je mag zo gaan, ik wil alleen de naam van je zusje van je ho...'

'Fenna! tevreden? Ze heette Fenna godverdomme.'

Het is ineens doodstil, Quintin spitst zijn oren. Gevoelsmatig gaan er minuten voorbij en dan is de stem van de dokter weer te horen.

'Frank, ben je oké?'

Het bleef stil, er werd niet gescholden, gevloekt of met vuisten tegen wanden geslagen, het was net of Frank de ruimte al had verlaten.

'Fenna?'

Zachte voetstappen op de linoleum vloer wekken bij Quintin de indruk dat er geaarzeld wordt om weg te lopen of stil te blijven staan.

'Fenna, ik zou het fijn vinden als je jouw kant van het verhaal wilt delen met mij.'

Dokter Gijsbrandts stem klinkt vriendelijker dan bij Frank, minder dwingend. Alsof hij zich direct had aangepast aan de andere persoonlijkheid die zijn kantoorruimte nu vulde.

'Wil je me iets vertellen over je ouders, Fenna? Wat kan je je van ze herinneren?'

Het geluid van bladzijden die omgeslagen worden suggereert dat dokter Gijsbrandt op zoek is naar extra informatie.

'Je vader en moeder hadden vaak ruzie vlak voor hun dood, hoe heb jij dat ervaren?'

Fenna zwijgt en te horen is hoe ze de deurklink naar beneden duwt en aanstalten maakt om te vertrekken.

‘Ik zou het heel fijn vinden als je dan tenminste blijft zitt...’

De dokter krijgt geen gelegenheid om zijn zin af te maken. Iets snoert hem de mond, maar het is niet duidelijk wat.

Quintin zit grinnikend tegenover de dokter.

‘Ze zei dat u stil moest zijn hè?’

‘Hoe weet je dat?’

‘Hield ze d’r wijsvinger voor haar mond? Op deze manier?’

Quintin gaat staan en imiteert de houding en blik van Fenna zo goed als zijn herinneringen hem toestaan.

‘Dat deed ze heel vaak, als ik met haar in gesprek was, en dan kwam dat vingertje weer. Het was haar manier om te vertellen dat ze niet meer wilde praten.’

Dokter Gijsbrandt poetst zijn brilletje schoon en luistert aandachtig.

‘Fenna bestond dus echt in jouw beleving?’

Quintin kijkt de dokter verbaasd aan.

‘Heeft u goed naar uw eigen bandjes geluisterd? Natuurlijk bestond ze, ze was net zo echt als de anderen, ook al zaten ze allemaal in Frank.’

‘Met wie voelde je het meest een connectie?’

Quintin kijkt naar het gat in de deur en laat alle facetten van Franks’ personages de revue passeren.

‘Ondanks dat ze niks zei, kon ik met Fenna het beste praten en hoewel Joachim altijd rotzooi wilde trappen was het toch een soort van “grote broer”, zo een met wie je heel vaak ruzie hebt, maar die je ook niet kan missen.’

Dokter Gijsbrandt glimlacht en knikt.

'En Reinout?'

'Die wilde gewoon een arm om zich heen, net als Frank zelf denk ik.

'Is dat ook wat jij wil?'

De directe vraagstelling brengt Quintin van zijn stuk.

'Kunnen we het ergens anders over hebben?'

'Natuurlijk.'

De dokter pakt Quintins dossier en legt dat naast dat van Frank, dat dubbel zo dik is.

'Jouw band met Frank, Fenna en de anderen is uitermate interessant en biedt nieuwe inzichten in mijn onderzoek. Ik wil dat gepubliceerd hebben in het *Tijdschrift voor Psychiatrie*.'

Quintin krijgt steeds meer moeite om zijn ergernis te verbergen en probeert de blik van de dokter te ontwijken, hij zou niets liever willen dan nog een gat in de gipswand maken.

'Ik ken dat blad niet.'

Dokter Gijsbrandt kan een minzame glimlach niet onderdrukken. 'Nee, dat dacht ik al. Het is een vakblad voor mensen die lang gestudeerd hebben. Daarin gepubliceerd mogen worden is een eer.'

'Ik zou ook willen leren schrijven.'

De minzame glimlach van de dokter verdwijnt en maakt plaats voor een bulderende lach. Met zijn bril in zijn hand veegt hij de tranen uit zijn ogen.

'Daar moet je enorm veel doorzettingsvermogen voor hebben. Als ik zo naar je schoolresultaten kijk, wordt het afmaken van de mavo al een klus voor je.

Dokter Gijsbrandt grinnikt wat na als hij zijn bril op zijn neus zet.

'Vertel mij eens, heeft Frank het met je over zijn ouders gehad, of over zijn oom en tante?'

Quintin denkt terug aan de momenten dat ze zich in het gebouwtje in de tuin voor Erik verstopten. Hoe Frank begon te vertellen alsof zijn leven ervan afhing. Over zijn kindertijd en dat het misschien wel beter was dat zijn ouders overleden waren. Dat hun huwelijk al slecht was en het er na Fenna's dood niet beter op was geworden. Hoe zijn vader veel schold en vloekte, vaak om niks. Dat was zijn manier om het verlies van Fenna een plek te geven. Het herinnerde Quintin aan de scheldpartijen bij hem thuis waarbij hij juist degene was die zijn onmacht een geluid probeerde te geven, op dezelfde manier.

'Soms schreeuwde ik hem bij zijn voor- en achternaam toe om hem te laten stoppen met schelden, dat hielp gek genoeg het allerbeste.'

Quintin moest grinniken bij het idee dat Frank zijn vader op het matje riep, iets wat hij zichzelf bij zijn eigen ouders niet kon voorstellen.

'Hoe ging dat dan?'

Frank zette zijn handen in zijn zij en maakte zijn stem zo laag mogelijk.

'Reinout Westerhof, wil jij wel eens op je taalgebruik letten?'

De jongens probeerden hun lach in de mouw van hun trui te smoren om niet door Erik ontdekt te worden. Een zoveelste pak slaag konden ze missen als kiespijn.

‘Werd jij thuis geslagen?’ Quintin durfde Frank bij het stellen van de vraag niet aan te kijken en deed net alsof hij door het met spinnenwebben bedekte raampje op de uitkijk stond voor Erik.

‘Nee, jij wel dan?’

‘Soms, maar ik denk dat ik het dan wel verdiend had.’

Frank keek bedenkelijk en begon te vertellen over zijn vader en zijn oom. Hoe zijn vader als kind door zijn oudere broer als boksbal werd gebruikt en als de woede van zijn oom dan nog niet bekoeld was, hij de straat op ging en al begon te vechten wanneer iemand hem, naar zijn mening, verkeerd aankeek.

‘Zelfs als volwassene bleef hij knokken. Ik kan me herinneren dat we mijn oom ooit ophaalden uit het politiebureau. Bij het instappen in de auto had hij een blauw oog en een gescheurde wenkbrauw. Hij gaf mij een knipoog. Ik vond dat stiekem heel stoer. Ik hoor mijn vader nog vloeken en schelden in de auto.’

Voor de tweede keer die middag doet Frank zijn vader na: ‘Godverdegodver Joachim, dit is al de derde keer dit jaar, de volgende keer kom ik je niet meer halen klootzak!’

Achteraf zou het de laatste keer zijn dat ze oom Joachim zouden ophalen na een nachtje in de cel. Kort daarna vond hij God en zou Frank hem vooral leren kennen toen hij in de Heer was en hij zijn voogd werd, voor zolang het mocht duren althans.

‘Quintin? Kan je me iets meer vertellen over Frank?’

Dokter Gijsbrandt zit op het puntje van zijn stoel met zijn pen in de aanslag, het irriteert Quintin en hij is niet van plan om het dossier van Frank, Fenna, Joachim en Reinout nog dikker te maken dan het al is. Hij probeert de dokter af te leiden en wijst naar de vulpen.

'Ik ben linkshandig, als ik met een vulpen schrijf vlekt het, daarom wil ik graag leren typen.'

'Waarom zou je dat willen? Voor je boek?'

De sarcastische ondertoon in de stem van de dokter is niet te missen.

'Waarom zou ik geen schrijver kunnen worden? Daar hoef je geen diploma voor te hebben.'

'Nee, dat is waar, maar wel talent.'

De irritatie van de dokter over het niets meer willen delen over Frank en de anderen is voelbaar, en hij richt zijn pijlen op Quintin.

'Als u denkt dat ik niet genoeg talent heb om een boek te schrijven, dan bedenk ik gewoon een nieuwe "ik".'

'Een nieuwe "ik"? Wat is dat voor onzin? Je blijft jezelf, wat je ook doet, waar je ook heengaat.'

Quintin kijkt naar de deur en hoort in de hal de stemmen van Thea en de anderen, het is tijd voor koffie. Het zal de laatste keer zijn dat hij met zijn zelf verkozen familie zal doen of koffiedrinken in een jeugdinrichting de normaalste zaak van de wereld is.

'Mag ik gaan?'

Hij wacht het antwoord niet eens af en loopt naar de deur.

'Dokter, dankzij u weet ik denk ik wat ik ga doen wanneer ik hier vertrek.'

'En dat is?'

'Ik wil op reis, onderweg vind ik dan vast ergens mijn talent.'

'Dat gaat dan een lange reis worden vermoed ik.'

Quintin laat zich niet van de wijs brengen door zijn gemene opmerkingen.

De hoogopgeleide arts en de jonge jongen, wiens leven stuurloos lijkt, kijken elkaar aan. Een kleine glimlach krult omhoog bij de lippen van de aanstaande ex-patiënt.

'Weet u wie Farrokh Bulsara is?'

'Nee Quintin, geen idee.'

'Dat dacht ik al, ik laat het u nog wel eens lezen.'

Lex Paleaux
Winterwater, *roman*, 2020
ISBN 978 90 6265 792 6

«Huiveringwekkend beeld van een eenzame Friese jeugd in een gezin waarin de zwaargelovige moeder wordt geplaagd door migraineaanvallen en epilepsie en de Franse vader eerder wegkijkt dan ingrijpt in tijden van nood. Paleaux geeft nogal wat prijs op een manier die lezers moet doen sidderen. Hij wilde vertellen uit het perspectief van een kind, zonder dat de toon 'kinderachtig' werd. Daarin is hij geslaagd.» – Kirsten van Santen in *Leeuwarder Courant*

«Schrijnend verhaal dat je geschokt achterlaat. Niet dat de verhalen somber zijn, integendeel zelfs, de manier waarop de jongen vertelt is eerder opgewekt te noemen. De teneur is niettemin benauwend en het boek eindigt dan ook met een drama. In een beeldende stijl weet Lex Paleaux uiteen te zetten hoe de gevoelswereld van de jongen botst met in het leven teleurgestelde ouders binnen een streng christelijke achtergrond. » – Marjo van Turnhout op *Leestafel*

«In korte hoofdstukjes wordt de lezer meegenomen in de gezinsbeleving van de hoofdpersoon, vanaf de lagere school tot en met de eerste klas van de middelbare school. Het fictieve verhaal, gebaseerd op autobiografische feiten, is in een heldere, beeldende stijl geschreven.» – M.J.P. Voorhuis voor *NBD / Biblion*

«*Winterwater* raakt de lezer ongemeen hard! Hoogte- en dieptepunten volgen elkaar op om de lezer uiteindelijk naar een onthutsende apotheose te leiden. Het schrijnende lot van de jongen komt aan als een geestelijke slag in het hoofd van de lezer. Buitengewoon knap debuut.» - André Oyen op *Lezers tippen lezers*

«Lex Paleaux zet een onverwacht intens verhaal neer. Je stapt zomaar ergens het verhaal binnen. Waar het leven van Lex in het begin soms wat moeilijk maar niet meteen dramatisch lijkt, brak mijn hart steeds een beetje meer naarmate het boek vorderde. Wat een verteltalent heeft Paleaux. Na het uitlezen van dit boek moet het dan ook echt even bezinken.» – Annelien Kruithof op *Boekleven*

«Juryleden van de debuutprijs let op! Hier is een kandidaat! De stijl die de auteur daarbij gebruikt, mag nogal uniek genoemd worden. Hij beschrijft de emoties van Lex op zo'n onderkoelde manier, dat het nergens melodramatisch wordt. Maar ze komen zeker heel hard aan bij de lezer. Ze dragen onvermijdelijk bij aan een beklemmende sfeer. Een boek dat je ontroert en lang zal bijblijven met een sympathieke hoofdpersoon met wie je zijn jeugd mag meebeleven. Geschreven in een stijl die je direct laat verlangen naar zijn volgende boek.» – Kees de Kievid op *Boekenbijlage*

«Een verhaal over de vergeefse loyaliteit van een kind met zijn omgeving. De verteltrant, waarbij de verbeelding actief wordt aangesproken, maakt het boek tot een aangrijpende roman.» – Job ter Steege op *Leeskost*

«Op bijna elke bladzijde zijn het verdriet en de angst voelbaar. Als hij ook nog eens verkracht wordt zijn die angst en het verdriet te groot. Hij doet drie pogingen om het te vertellen. Het komt bij niemand aan. En dan komt die ene brief, de brief die 'aan de ouders van Lex Paleaux' is gericht. Dit alarmerende boek is geschreven 'Voor de onzichtbare, onhoorbare, maar onmisbare'. Dat is een duidelijke opdracht: voor de ouder die zich geen raad weet met de opvoeding van de kinderen of voor de vriend die zijn hand op een schouder legt.» – Margot Poll in *NRC Handelsblad*

Lex Paleaux
Het leven is een circus, *roman*, 2020
ISBN 978-94-93214-07-1

«Wanneer je denkt dat het na *Winterwater* niet persoonlijker kon, dan heb je het mis. Paleaux laat nóg meer van zichzelf zien in *Het leven is een circus* en vlecht ditmaal het verleden en het heden prachtig in elkaar. Ondanks de overlap in de twee boeken, heb je niet het gevoel dat Paleaux in herhaling valt. Hij heeft het voor elkaar gekregen om dit tweede boek juist een prachtige aanvulling te laten zijn op het eerste.» – Annelien Kruithof, *Boekleven*

«Dit boek bestaat uit korte maar krachtige hoofdstukjes met grappige en emotionele passages. Lexje wordt op niet-chronologische wijze op verschillende leeftijden geschetst. De lezer heeft middels Paleaux' debuut *Winterwater* reeds kennis met zijn jeugd kunnen maken. Dit boek is een bonus daarop maar kan prima afzonderlijk gelezen worden. Hoewel de auteur een ware woordenkunstenaar is, heeft het taalniveau er niet onder hoeven lijden en is goed te begrijpen. Al met al een prachtig kunstwerk.» – A. Resh, *NBD/Biblion*

«Uit al deze beschrijvingen blijkt dat hij een prima observator is. Maar hij doet meer dan observeren. Het lijkt wel of hij telkens wanneer hem iets intrigeert in de achteruitkijkspiegel ook iets interessants ziet. Dat is niet wat er achter hem gebeurt, maar weerspiegelt zijn verleden in Friesland als jonge Lex.» – Kees de Kievid, *Boekenbijlage*

«Het leven is niet alleen een circus, het is ook een cirkel. De cirkel van het leven. Meer dan zeventig 'levenslessen' bevat dit boek, je kunt ze ter harte nemen, maar je kan er ook simpelweg van genieten, want stilistisch gezien zijn de stukjes prachtig. Soms ontlokt hij je een glimlach, soms word je tot ontroering toe geraakt. Het is niet vreemd als je boos wordt, maar net zo vaak heb je de neiging om het kind aan te moedigen: 'goed zo jochie'.» – Marjo van Turnhout, *Leestafel*

Lex Paleaux

Vlo, *roman*, 2022

ISBN 978-94-93214-35-4

“Het begon met *Winterwater* waarin we kennismaakten met Lexje. *Vlo* sluit dit drieluik prachtig af. Als je dit boek gelezen hebt, kan je eigenlijk naadloos weer terug naar *Winterwater*. Want al die boeken samen vormen een mooie cirkel. * * * * * ” – Remco Houtepen op *NH Radio*

«Een klein verhaal met een groots effect! We maken we kennis met een Ik-persoon die in een ondersteboven te water geraakte auto zijn laatste levensminuten beleeft. Het einde is dusdanig schokkend dat ik de hoofdpersoon en de schrijver graag had willen slaan!» – Suzanna Esther op *LeesKost*

«Het verhaal gaat over een dag in het leven van een wat sukkelige man die nog bij zijn moeder woont. Het einde is een donderslag. Hoewel de roman niet echt een thriller is, blijkt hij moeilijk weg te leggen. Ik las dit boek in één ruk uit.» – Elly Stroo Cloeck op *Bookcrossing*

«Zoiets hebben andere Haarlemse literaire kanonnen de afgelopen decennia niet gepresteerd: Thomése niet, Wiener niet en zelfs bij leven en welzijn Ferron niet. Een ‘Haarlemse held’. Een fenomeen. In *Vlo* is de hoofdpersoon een schrijnend realistische schlemiel en het boek is doorspekt met al even herkenbare kantoorhumor. Het lokkende decolleté van een collega en de toiletgroep van het bedrijf spelen een hoofdrol.» – Peter Bruyn in *Haarlems Dagblad*

«Een verhaal over één dag en over één man, met humor en gevoel voor taal geschreven. *Vlo* zal een brede lezersgroep aanspreken.» – *NBD / Biblion*